www.ingramcontent.com/pod-product-compliance
Lightning Source LLC
LaVergne TN
LVHW070612230826
846093LV00014B/521
9789953733586

بيت الحكمة

بابا مبروكٌ

رشاد درغوث

الاستثمار التّربويّ: سمر محفوظ برّاج
الضّبط اللّغويّ: خليل السّيقلي
الغلاف، التّصميم والرّسم: ساندرا غصن
الدّاخل، الرّسوم: دوللي شمّاس ڤيليو

هاشيت
أنطوان .A
تربية

info@hachette-antoine.com
www.hachette-antoine.com
facebook.com/HachetteAntoine
instagram.com/HachetteAntoine
twitter.com/NaufalBooks

متابعة النّشر (طبعة 1): نيكول عقيقي المصوّر
التّصميم المنهجيّ (طبعة 1): ماريو جاد

ر.د.م.ك. 6 - 358 - 73 - 9953 - 978

بابا مَبْروكٌ

لا يَذْكُرُ بابا مَبْروكٌ مَتى سَمّاهُ ٱلنّاسُ بِهَذا ٱلِٱسْمِ، وَلا يَذْكُرُ مَتى وُلِدَ، وَمَتى دَخَلَ ٱلْمَدْرَسَةَ، وَمَتى أَنْهى دُروسَهُ.

فَبابا مَبروكٌ لا يَذْكُرُ مِنْ هَذِهِ ٱلْأَشْياءِ، وَغَيْرِها، شَيْئاً، لِأَنَّ بابا مَبْروكاً لا يَهْتَمُّ لِشَيْءٍ، فَهُوَ يَهُمُّهُ أَنْ يَأْكُلَ، وَيَهُمُّهُ أَنْ يَنامَ، وَيَهُمُّهُ أَنْ يَجْلِسَ وَراءَ نارَجيلَتِهِ فَيُمْسِكَ نِرْبيجَها ٱلطَّويلَ، ٱللَّمّاعَ كَٱلْحَيَّةِ، ثُمَّ يُدَخِّنَ، حَتّى يَنعَسَ. بَعْدَئِذٍ يَنامُ بابا مَبْروكٌ، وَحَلْمَةُ ٱلنِّرْبيجِ في فَمِهِ، كَأَنَّهُ طِفْلٌ صَغيرٌ يَتَلَهّى بِمَصّاصَتِهِ.

أَمّا ٱلنّاسُ فَيَقولونَ إِنَّ بابا مَبْروكاً وُلِدَ مُنْذُ زَمَنٍ بَعيدٍ. إِنَّهُ وُلِدَ قَبْلَ مَجيءِ إِبْراهيمَ باشا ٱلمِصْرِيِّ إِلى «لُبْنانَ» بِمُدَّةٍ طَويلَةٍ. وَكانَ أَميرُ «لُبْنانَ» يُدعى ٱلْأَميرَ بَشيراً ٱلشِّهابِيَّ. لِذا ٱسْتُخْدِمَ بابا مَبْروكٌ في إِسْطَبْلِ إِبْراهيمَ باشا، بِرُتْبَةِ **سائِسِ خَيْلٍ**.

سائِسُ الخَيلِ: الّذي يَعتني بالأَحصنةِ.

وَكانَتْ وَظيفَتُهُ مَعْدودَةً، في ذَلِكَ ٱلزَّمانِ، مِنَ ٱلْوَظائِفِ ٱلْمُهِمَّةِ، فَكانَ بابا مَبْروكٌ يَفْتَخِرُ بِهَذِهِ ٱلْوَظيفَةِ، وَكانَ يُفَتِّلُ شارِبَيْهِ بِيَدَيْهِ ٱلاِثْنَتَيْنِ لِيَلْفِتَ إِلَيْهِ أَنْظارَ ٱلنّاسِ، في ٱلطُّرُقاتِ وَٱلشَّوارِعِ.

كانَ بابا مَبْروكٌ يَقومُ بِواجِبِهِ، كَسائِسِ خَيْلٍ، مُدَّةَ ساعَتَيْنِ في ٱلنَّهارِ: يُنَظِّفُ حِصانَ ٱلْباشا بِفُرْشَةٍ مَخْصوصَةٍ، ثُمَّ يَغْسِلُ أَطْرافَ ٱلْحِصانِ، وَرَقَبَتَهُ، وَعَيْنَيْهِ، وَأُذُنَيْهِ. وَبَعْدَئِذٍ يَرْكَبُ بابا مَبْروكٌ حِصانَ ٱلْباشا ٱلْأَصيلَ، ثُمَّ يَذْهَبُ إِلى ٱلنُّزْهَةِ بَيْنَ ٱلْبَساتينِ. وَحينَما تَنْتَهي هَذِهِ ٱلنُّزْهَةُ ٱلصَّباحِيَّةُ يَعودُ بابا مَبْروكٌ، هُوَ وَٱلْحِصانُ ٱلْأَصيلُ، إِلى ٱلْإِسْطَبْلِ، فَيَقِفُ ٱلْحِصانُ مَعَ رُفَقائِهِ مِنَ ٱلْخَيْلِ، وَيَجْلِسُ بابا مَبْروكٌ بِلا عَمَلٍ، يَعُدُّ خَشَباتِ ٱلسَّقْفِ، طولَ ٱلنَّهارِ.

كانَ بابا مَبْروكٌ لا يَقْرَأُ وَلا يَكْتُبُ. وَلَوْ كانَ يَقْرَأُ لَتَسَلّى، في أَوْقاتِ فَراغِهِ، بِٱلْمُطالَعَةِ: يُطالِعُ جَريدَةً، أَوْ يَقْرَأُ في كِتابٍ. وَلَكِنَّ بابا مَبْروكاً كانَ أُمِّيّاً، لا يَقْرَأُ وَلا يَكْتُبُ. فَإِذا

جاءَتْهُ رِسالَةٌ مِنْ أَهْلِهِ في «ٱلْعِراقِ»، أَوْ مِنْ أَحَدِ أَصْحابِهِ في «فَلَسْطينَ» أَوْ «مِصْرَ»، ذَهَبَ إِلى ٱلسّوقِ، وَفَتَّش عَنْ شَخْصٍ يَقْرَأُ لَهُ تِلْكَ ٱلرِّسالَةَ.

دَخَلَ بابا مَبْروكٌ ٱلْمَدْرَسَةَ وَهُوَ صَغيرٌ؛ وَلٰكِنَّهُ كانَ كَسولاً، فَما تَعَلَّمَ إِلّا ٱلْقَليلَ، عَلى خِلافِ رُفَقائِهِ ٱلْأَوْلادِ ٱلْمُجْتَهِدينَ، فَإِنَّهُمْ تَعَلَّموا كَثيراً مِنَ ٱلْعُلومِ وَٱلْآدابِ، أَوِ ٱلْأَعْمالِ ٱلْيَدَوِيَّةِ.

ثُمَّ تَرَكَ بابا مَبْروكٌ ٱلْمَدْرَسَةَ قَبْلَ أَنْ يَحْصُلَ عَلى ٱلشَّهادَةِ. وَتَرَكَ ٱلْمُطالَعَةَ، وَهَجَرَ ٱلْكُتُبَ. فَنَسِيَ ٱلشَّيْءَ ٱلْقَليلَ ٱلَّذي تَعَلَّمَهُ في ٱلْمَدْرَسَةِ، ثُمَّ نَسِيَ ٱلْحَرْفَ، وَصارَ يَجْهَلُ ٱلْقِراءَةَ وَٱلْكِتابَةَ، فَباتَ كَأَنَّهُ ما تَعَلَّمَ، وَلا دَخَلَ مَدْرَسَةً، وَلا فَتَحَ كِتاباً.

وَفي يَوْمٍ كانَ بابا مَبْروكٌ يَبْحَثُ عَنْ إِنْسانٍ يَقْرَأُ لَهُ مَكْتوباً جاءَهُ مِنْ «بَعْلَبَكَّ». وَكانَ مُرْسِلُ هَذا ٱلْمَكْتوبِ وَكيلَ إِبْراهيمَ باشا نَفْسَهُ. فَلَمْ يَجِدْ بابا مَبْروكٌ في ٱلسّوقِ أَحَداً

يُحْسِنُ ٱلْقِراءَةَ، فَقالَ:

- لِأَذْهَبْ إِلى ٱلْمَقْهى ٱلْبَلَدِيِّ، وَأُفَتِّشْ عَنْ إِنْسانٍ يَقْرَأُ لي هَذا ٱلْمَكْتوبَ!

وَذَهَبَ بابا مَبْروكٌ إِلى مَقْهى «ٱلنّارَجيلَةِ»، وَأَخَذَ يَبْحَثُ عَنْ إِنْسانٍ يَعْرِفُ ٱلْقِراءَةَ، فَما وَجَدَ بابا مَبْروكٌ أَحَداً مِنَ ٱلْمُعَلِّمينَ في مَقْهى «ٱلنّارَجيلَةِ». ذاكَ لِأَنَّ ٱلْإِنْسانَ ٱلْمُثَقَّفَ لا يَذْهَبُ إِلى ٱلْمَقاهي في ساعاتِ ٱلْعَمَلِ. فَقالَ بابا مَبْروكٌ لِنَفْسِهِ:

- يَجِبُ إِذاً أَنْ أَنْتَظِرَ هُنا، في ٱلْمَقْهى، قَليلاً، حَتّى يَجيءَ أَحَدُ ٱلنّاسِ ٱلْقارِئينَ ٱلْكاتِبينَ!

ثُمَّ جَلَسَ بابا مَبْروكٌ عَلى أَحَدِ ٱلْكَراسِيِّ، كَما كانَ يَفْعَلُ غَيْرُهُ مِنَ ٱلْجالِسينَ ٱلْكَثيرينَ. وَمَدَّ بابا مَبْروكٌ رِجْلَيْهِ، ثُمَّ رَفَعَهُما عَنِ ٱلْأَرْضِ عَلى كُرْسِيٍّ آخَرَ، وَأَمْسَكَ بِكُرْسِيٍّ ثالِثٍ، وَٱتَّكَأَ عَلَيْهِ، وَأَخَذَ يُراقِبُ ٱلنّاسَ ٱلْجالِسينَ مِثْلَهُ، في هَذا ٱلْمَقْهى ٱلْكَبيرِ.

اتّكأ: أَسندَ جسمَهُ.

رَأى بابا مَبْروكٌ زُبُنَ ٱلْمَقْهى خَليطاً مِنَ ٱلنّاسِ: فَهَذا واحِدٌ يَشْرَبُ ٱلْقَهْوَةَ وَهُوَ يَلْعَبُ بِٱلْوَرَقِ، وَهيئَتُهُ تَدُلُّ عَلى أَنَّهُ بِحاجَةٍ إِلى صابونَةٍ يُنَظِّفُ بِها ثِيابَهُ؛ وَهَذا واحِدٌ آخَرُ يَشْرَبُ ٱلشّايَ، وَهُوَ يَلْعَبُ بِٱلنَّرْدِ، مَعَ أَنَّ شَعْرَهُ **ٱلْمُشَعَّثَ** يَدُلُّ عَلى حاجَتِهِ إِلى مُشْطٍ يُسَرِّحُ بِهِ هَذا ٱلشَّعْرَ؛ وَهَؤُلاءِ جَماعَةٌ ٱجْتَمَعوا مِثْلَ ٱلنَّحْلِ، وَ**أَكَبّوا** عَلى لُعْبَةِ «ٱلدّاما»، وَأَحْذِيَتُهُمْ تَظْهَرُ، في قَذارَتِها، كَأَنَّها لَمْ تُصْبَغْ قَطُّ؛ وَأولَئِكَ جَماعَةٌ آخَرونَ جَلَسوا في حَلْقَةٍ مُسْتَديرَةٍ كَنَعْلِ ٱلْفَرَسِ، وَأَمامَ كُلِّ واحِدٍ مِنْهُمْ نارَجيلَةٌ تُدَخِّنُ وَتُقَرْقِرُ. فَقالَ بابا مَبْروكٌ:

– ما دُمْتُ جالِساً أَنْتَظِرُ... فَلِماذا لا أُجَرِّبُ تَدْخينَ نارَجيلَةٍ؟ لِماذا لا أَفْعَلُ مِثْلَ هَؤُلاءِ ٱلنّاسِ؟

وَفي ٱلْحالِ طَلَبَ بابا مَبْروكٌ، مِنْ صاحِبِ ٱلْمَقْهى، نارَجيلَةً تُدَخِّنُ كَأَنَّها مِدْخَنَةُ سَفينَةٍ. وَجاءَ غُلامُ ٱلْمَقْهى بِنارَجيلَةِ بابا مَبْروكٍ سَريعاً. ثُمَّ وَضَعَ ٱلْغُلامُ ٱلنّارَجيلَةَ أَمامَهُ،

ٱلْمُشعَّثُ: المُتلبِّدُ.
أَكَبّوا: أَقبَلوا على.

وَعَلى صَحْنِها ٱلْأَزْهارُ، وَفي أَطْرافِ نِرْبيجِها خُيوطُ ٱلْحَريرِ ٱلْمُلَوَّنَةُ، عَلى صورَةِ شَرّابَةٍ تَتَدَلّى وَتَرْقُصُ في ٱلْهَواءِ.

بَدَأَ بابا مَبْروكٌ يَنْفُخُ في نارَجيلَتِهِ. وَبَدَأَتْ هِيَ تُقَرْقِرُ مِثْلَ سائِرِ ٱلنّارَجيلاتِ. وَلَمْ تَمْضِ لَحَظاتٌ حَتّى شَعَرَ بابا مَبْروكٌ بِأَنَّ رَأْسَهُ يَثْقُلُ. ثُمَّ أَصابَتْهُ نَوْبَةُ سُعالٍ شَديدٍ، وَأَحَسَّ أَنَّهُ سَيَتَقَيَّأُ ما في بَطْنِهِ. حينَئِذٍ أَسْنَدَ بابا مَبْروكٌ رَأْسَهُ إِلى ٱلْكُرْسِيِّ، فَرَأى ٱلْأَرْضَ تَدورُ بِهِ، وَرَأى ٱلْكَراسِيَّ تَتَطايَرُ مِنْ حَوْلِهِ مِثْلَ ٱلْعَصافيرِ، وَرَأى ٱلْجالِسينَ كَأَنَّهُمْ يَقْعُدونَ عَلى رُؤوسِهِمْ، وَيَرْفَعونَ أَرْجُلَهُمْ في ٱلْفَضاءِ! بَلْ صارَ كُلُّ شَيْءٍ مَقْلوباً في نَظَرِ بابا مَبْروكٍ.

ثُمَّ أَحَسَّ بابا مَبْروكٌ بِنُعاسٍ شَديدٍ **يُطْبِقُ** جُفونَهُ. فَنامَ نَوْماً عَميقاً، وَباتَ لا يَشْعُرُ أَنَّهُ في مَقْهىً، فَكانَ يَغُطُّ في نَوْمِهِ كَما تَغُطُّ ٱلْهِرَّةُ حينَما تَنامُ في ٱلشِّتاءِ قُرْبَ مَوقِدِ ٱلنّارِ.

أَفاقَ بابا مَبْروكٌ مِنْ نَوْمِهِ بَعْدَ غُروبِ ٱلشَّمْسِ، فَتَلَفَّتَ

يُطبِقُ: يُغمِضُ.

حَوْلَهُ وَهُوَ يَفْرُكُ عَيْنَيْهِ مَدْهوشاً، فَرَأى نَفْسَهُ وَحيداً، في ٱلْمَقْهى، لِأَنَّ ٱلزُّبُنَ كانوا قَدْ ذَهَبوا إِلى بُيوتِهِمْ لِيَتَعَشَّوْا. فَقامَ بابا مَبْروكٌ وَذَهَبَ بِدَوْرِهِ إِلى ٱلْإِسْطَبْلِ لِيَتَعَشّى، وَيَتَفَقَّدَ ٱلْحِصانَ ٱلْأَصيلَ!

بَعْدَ ٱلْعَشاءِ شَعَرَ بابا مَبْروكٌ بِدافِعٍ يَدْفَعُهُ إِلى ٱلْعَوْدَةِ إِلى ٱلْمَقْهى. فَقالَ في نَفْسِهِ:

- سَأَجِدُ ٱلْقارِئَ ٱلْآنَ في ٱلْمَقْهى، لِأَنَّهُ لَم يَأْتِ في ٱلنَّهارِ، فَلا بُدَّ لَهُ أَنْ يَأْتِيَ في ٱللَّيْلِ، فَيَقْرَأَ لي هَذا ٱلْمَكْتوبَ!

وَهَكَذا وَجَدَ بابا مَبْروكٌ مُبَرِّراً لِعَوْدَتِهِ إِلى ٱلْمَقْهى. وَهُناكَ جَلَسَ عَلى كُرْسِيِّهِ، ساعَتَيْنِ أَوْ ثَلاثَ ساعاتٍ، وَراءَ نارَجيلَتِهِ، يُدَخِّنُ، وَيُدَخِّنُ... فَأَصابَ ٱلدُّوارُ رَأْسَهُ، كَما أَصابَهُ في ٱلنَّهارِ. ثُمَّ أَخَذَتْهُ نَوْبَةٌ مِنَ ٱلسُّعالِ كَما أَخَذَتْهُ في ٱلنَّهارِ. وَٱنْتَهى ٱلْأَمْرُ بِبابا مَبْروكٍ إِلى صُداعٍ أَصابَهُ في ٱلرَّأْسِ، وَوَجَعٍ أَصابَهُ في ٱلْحَلْقِ، وَخَدَرٍ أَصابَهُ في ٱلْأَطْرافِ، وَثِقَلٍ في ٱلْعَيْنَيْنِ، فَضْلاً عَنِ ٱلرّائِحَةِ ٱلْكَريهَةِ ٱلَّتي ٱسْتَقَرَّتْ

في أَنْفِهِ، وَعَنِ ٱلطَّعْمِ ٱلْمُرِّ ٱلَّذي مَلأَ فَمَهُ. وَلَمّا ٱنْتَصَفَ ٱللَّيْلُ كانَ بابا مَبْروكٌ يَعودُ إِلى ٱلْإِسْطَبْلِ، وَهُوَ يَجُرُّ رِجْلَيْهِ كَأَنَّهُ مَريضٌ يَمْشي عَلى ٱلْأَرْضِ أَوَّلَ مَرَّةٍ بَعْدَ شِفائِهِ.

وَهَكَذا تَرَدَّدَ بابا مَبْروكٌ إِلى ٱلْمَقْهى، مَرَّةً بَعْدَ مَرَّةٍ؛ فَمَضى وَقْتٌ صارَ بابا مَبْروكٌ بَعْدَهُ مِنَ ٱلرُّوّادِ ٱلْمَعْروفينَ في ٱلْمَقْهى. وَكانَ بابا مَبْروكٌ قَدْ وَجَدَ أَحَدَ ٱلْقُرّاءِ في ٱلطَّريقِ، فَقَرَأَ لَهُ مَكْتوبَ وَكيلِ ٱلْباشا. وَعَرَفَ بابا مَبْروكٌ أَنَّ ٱلْوَكيلَ يَطْلُبُ إِلَيْهِ إِرْسالَ ٱلْحِصانِ ٱلْأَصيلِ إِلى «بَعْلَبَكَّ»، لِيَرْكَبَ إِبْراهيمُ باشا ٱلْحِصانَ في إِحْدى ٱلْحَفَلاتِ، بَدَلاً مِنْ بَغْلَتِهِ. وَلَكِنَّ بابا مَبْروكاً وَجَدَ **مُبَرِّراً** جَديداً لِذَهابِهِ إِلى ٱلْمَقْهى. لَقَدْ كانَ يَقولُ :

– بَعْدَ إِنْهائي عَمَلي أَذْهَبُ إِلى ٱلْمَقْهى لِأَرْتاحَ... ثُمَّ أَتَسَلّى مَعَ ٱلرُّفَقاءِ، رُوّادِ ٱلْمَقْهى، وَنَتَحَدَّثُ قَليلاً، فَنُمْضي ٱلْوَقْتَ!

وَلَكِنَّ صِحَّةَ بابا مَبْروكٍ كانَتْ تَسوءُ يَوْماً بَعْدَ يَوْمٍ، لِأَنَّهُ

مُبرِّراً: عُذراً.

كانَ يَتَنَشَّقُ هَواءَ ٱلْمَقْهى ٱلْفاسِدَ؛ وَقُوَّتُهُ كانَتْ تَضْعُفُ أُسْبوعاً بَعْدَ أُسْبوعٍ، لِأَنَّهُ كانَ يَجْلِسُ طَويلاً بِلا حَرَكَةٍ وَلا رِياضَةٍ؛ وَمالُهُ كانَ يَذْهَبُ شَهْراً بَعْدَ شَهْرٍ، لِأَنَّهُ كانَ كَسولاً، وَٱلْكَسْلانُ لا يَكْسِبُ، وَإِذا كَسَبَ ٱلْكَسْلانُ قَليلاً، أَنْفَقَ كُلَّ ما يَكْسِبُهُ، فَلا يُمْكِنُهُ أَنْ يُخَبِّئَ قِرْشاً أَبْيَض لِيَوْمٍ أَسْوَدَ.

وَأَخيراً صارَ بابا مَبْروكٌ مِنْ كِبارِ ٱلْكَسالى، لِأَنَّهُ تَعَوَّدَ ٱلْجُلوسَ كُلَّ يَوْمٍ في ٱلْمَقاهي، في أَوْقاتِ ٱلْعَمَلِ.

بَعْدَ مُدَّةٍ لاحَظَ بابا مَبْروكٌ أَنَّ بَطْنَهُ يَكْبُرُ. فَبَطْنُ بابا

مَبْروكٍ، ٱلْيَوْمَ، هُوَ أَكْبَرُ مِنْهُ في ٱلْيَوْمِ ٱلسّابِقِ. وَصَدْرُهُ أَيْضاً صارَ يَحْمِلُ ٱلشَّحْمَ وَٱللَّحْمَ، حَتّى ثَخُنَتْ رَقَبَتُهُ وَبَدَأَتْ تَقْصُرُ، وَأَخَذَ رَأْسُهُ يَصْغُرُ، وَشَعْرُهُ يَسْقُطُ. أَمّا يَداهُ وَذِراعاهُ فَصارَتْ تَحْمِلُ كَثيراً مِنَ ٱللَّحْمِ وَٱلشَّحْمِ أَيْضاً. أَمّا ساقاهُ وَفَخِذاهُ فَصارَتْ تَنْتَفِخُ، حَتّى ٱلْتَصَقَ بَطْنُهُ بِرُكْبَتَيْهِ، فَصارَ بابا مَبْروكٌ يُشْبِهُ ٱلْخِنْزيرَ ٱلسَّمينَ!

وَمَضَتِ ٱلْأَيّامُ عَلى هَذِهِ ٱلْحالِ، فَصارَ ظَهْرُ بابا مَبْروكٍ **يَتَقَوَّسُ** كَظَهْرِ **ٱلْأَحْدَبِ**. ثُمَّ ظَهَرَتْ لَهُ حَدَبَةٌ **كَسَنامِ** ٱلْجَمَلِ، وَلَكِنَّها كانَتْ حَدَبَةً صُلْبَةً كَٱلْعَظْمِ. ثُمَّ تَسَوَّسَتْ أَسْنانُ بابا مَبْروكٍ فَأَخَذَتْ تَسْقُطُ ٱلْواحِدَةُ بَعْدَ ٱلْأُخْرى، فَأَصْبَحَ بابا مَبْروكٌ بِلا أَسْنانٍ، مِثْلَ ٱلْعَجائِزِ.

وَفي أَحَدِ أَيّامِ ٱلْخَريفِ، حينَما تَسْقُطُ أَوْراقُ ٱلْأَشْجارِ، أَفاقَ بابا مَبْروكٌ مِنْ نَوْمِهِ، وَحاوَلَ أَنْ يَقومَ عَلى رِجْلَيْهِ، فَما قَدَرَ، بَلْ شَعَرَ كَأَنَّ شَيْئاً يُثْقِلُ ظَهْرَهُ. فَمَدَّ يَدَهُ إِلى ظَهْرِهِ يَتَحَسَّسُهُ، فَصادَمَتْ أَصابِعُهُ جِسْماً صُلْباً **كَدَرْقَةِ** ٱلسُّلَحْفاةِ. فَٱعْتَقَدَ بابا مَبْروكٌ أَنَّهُ صارَ سُلَحْفاةً بَليدَةً تَقْضي ٱلْفَصْلَ ٱلْبارِدَ نائِمَةً، مِثْلَ أَكْثَرِ ٱلْحَشَراتِ وَٱلزَّواحِفِ. وَهَكَذا ظَلَّ بابا مَبْروكٌ جالِساً في مَكانِهِ مُدَّةً طَويلَةً، وَقَدْ كانَ ٱلْمَطَرُ يَسْقُطُ في ذَلِكَ ٱلْيَوْمِ، وَكانَ ٱلطَّقْسُ بارِداً. وَلَمّا جاعَ بابا مَبْروكٌ

يَتَقَوَّسُ: يَنحني.
الأحدبُ: مَن خرجَ ظهرُه ودخلَ صدرُه.
سنامٌ: حَدَبةٌ في ظَهرِ الجَمَلِ.
دَرْقةٌ: غِلافٌ قاسٍ يُغطّي جسمَ السُّلَحفاةِ.

ٱصْطادَ بَعْضَ ٱلْحَشَراتِ، وَكانَ فَمُهُ قَدْ صارَ مِثْلَ مِنْقارِ ٱلْعُصفورِ، بَعْدَ أَنْ سَقَطَتْ أَسْنانُهُ. وَتَغَذّى بِٱلْحَشَراتِ مِثْلَما تَتَغَذّى ٱلسُّلَحْفاةُ بِٱلْحَشَراتِ، أَوْ تَقْتُلُ ٱلْحَيّاتِ وَتَأْكُلُها، بَعْدَ أَنْ تَقْطَعَها قِطَعاً صَغيرَةً.

عادَ إِبْراهيمُ باشا مِنْ «بَعْلَبَكَّ» وَزارَ ٱلْإِسْطَبْلَ لِيَتَفَقَّدَ خَيْلَهُ ٱلْأَصيلَةَ. فَوَجَدَ هَذِهِ ٱلسُّلَحْفاةَ ٱلْكَبيرَةَ ٱلْعَجيبَةَ تَسْرَحُ في ٱلْإِسْطَبْلِ، فَقالَ لِمَنْ كانَ مَعَهُ مِنَ ٱلْحاشِيَةِ:

– لِماذا تَتْرُكونَ هَذِهِ ٱلسُّلَحْفاةَ في ٱلْإِسْطَبْلِ؟ يَجِبُ أَنْ تَنْقُلوها إِلى حَديقَةِ ٱلْحَيَواناتِ!

فَقالَ واحِدٌ مِنَ ٱلْحاشِيَةِ لِلْباشا:

– لَيْسَ في «لُبْنانَ» حَديقَةُ حَيواناتٍ يا مَولايَ ٱلْباشا! فَهَلْ تُريدُ أَنْ نَنْقُلَها إِلى «مِصْرَ»؟

فَهَزَّ ٱلْباشا رَأْسَهُ عَلامَةَ ٱلرِّضا.

وَهَكَذا نَقَلوا بابا مَبْروكاً إِلى «مِصْرَ» في سَفينَةٍ. فَحَمَلَتْهُ ٱلسَّفينَةُ مِن مَرْفَأِ «بَيْروتَ» إِلى مَرْفَأِ «ٱلْإِسْكَنْدَرِيَّةِ». وَبَعْدَئِذٍ

نَقَلوا بابا مَبْروكاً في قِطارِ ٱلسِّكَّةِ ٱلْحَديدِيَّةِ مِنَ «ٱلْإِسْكَنْدَرِيَّةِ» إِلى «ٱلْقاهِرَةِ» عاصِمَةِ «مِصْرَ».

وَفَتَح بابا مَبْروكٌ عَيْنَيْهِ يَوْماً، فَإِذا هوَ في حَديقَةِ ٱلْحَيَواناتِ ٱلْمِصْرِيَّةِ، في قَفَصٍ كَبيرٍ، وَمِنْ حَوْلِهِ أَقْفاصٌ كَثيرَةٌ فيها ٱلْحَيَواناتُ ٱلْمُخْتَلِفَةُ: هُنا ٱلْأَسَدُ، مَلِكُ ٱلْحَيَواناتِ، يَزْأَرُ، فَتَرْتَجِفُ ٱلْحَيَواناتُ حينَما تَسْمَعُ صَوْتَهُ؛ وَهُناكَ ٱلتِّمْساحُ يَخْرُجُ مِنَ ٱلْماءِ كَأَنَّهُ غَوّاصَةٌ؛ وَفي قَفَصٍ آخَرَ عَدَدٌ مِنَ

ٱلسَّعادينِ تَتَعَلَّقُ عَلى ٱلْقُضْبانِ بِأَذْنابِها وَتَضْحَكُ، وَهِيَ تَأْكُلُ ٱلْجَوْزَ وَٱلْمَوْزَ.

كانَ بابا مَبْروكٌ يَخْجَلُ مِنَ ٱلنّاسِ ٱلَّذينَ يَزورونَ حَديقَةَ ٱلْحَيَواناتِ في ٱلنَّهارِ، لِيَتَفَرَّجوا بِٱلنَّظَرِ إِلَيْهِ وَإِلى سائِرِ ٱلْحَيَواناتِ، وَخُصوصاً ٱلْأَطْفالَ مِنْهُمْ؛ فَقَدْ كانوا يَتَوَقَّفونَ طَويلاً عِنْدَ قَفَصِ ٱلسُّلَحْفاةِ لِيَنْظُروا إِلى رَأْسِها **ٱلْحَليقِ**، وَدَرْقَتِها ٱلصُّلْبَةِ، وَرِجْلَيْها ٱلْقَصيرَتَيْنِ، وَبَطْنِها ٱلْكَبيرِ. فَكانَ بابا مَبْروكٌ يُخَبِّئُ رَأْسَهُ تَحْتَ دَرْقَتِهِ مُدَّةً ثُمَّ يُخْرِجُ رَأْسَهُ فَيَرى ٱلْأَطْفالَ يَتَزاحَمونَ حَوْلَ قَفَصِهِ وَهُمْ يَصْرُخونَ:

– ماما! انْظُري هَذِهِ ٱلسُّلَحْفاةَ، ما أَضْخَمَها!

– بابا! تَعالَ ٱنْظُرْ هَذِهِ ٱلسُّلَحْفاةَ، ما أَبْطَأَها!

فَيَتَمَنّى بابا مَبْروكٌ أَنْ تَنْشَقَّ ٱلْأَرْضُ وَتَبْتَلِعَهُ، لِكَيْ يَتَخَلَّصَ مِنْ هَذا ٱلْعارِ. ثُمَّ يَقولُ لِنَفْسِهِ:

– يا لَيْتَني ما كُنْتُ كَسولاً!

وَفي صَباحِ أَحَدِ ٱلْأَيّامِ ٱقْتَرَبَ بابا مَبْروكٌ مِنَ ٱلْقُضْبانِ

الحَليقُ: الخالي مِنَ الشَّعرِ.

ٱلْحَديدِيَّةِ في قَفَصِهِ؛ وَٱسْتَنَدَ إِلى تِلْكَ ٱلْقُضْبانِ بِظَهْرِهِ كَيْ يَرْتاحَ قَليلاً. وَكانَ ذَلِكَ قَبْلَ مَوْعِدِ مَجيءِ ٱلنّاسِ إِلى حَديقَةِ ٱلْحَيَواناتِ. فَلَمْ يُحِسَّ أَنَّ أَحَدَ ٱلْأَوْلادِ جاءَ مُبَكِّراً، وَٱقْتَرَبَ هَذا مِنْ قَفَصِ ٱلسُّلَحْفاةِ عَلى رُؤوسِ أَصابِعِهِ، حَتّى وَصَلَ إِلى مَسافَةِ مِتْرٍ واحِدٍ. وَكانَ بابا مَبْروكٌ يَتَأَلَّمُ مِنْ جُرْحٍ أَصابَهُ في رِجْلِهِ مُنْذُ أَيّامٍ، فَقالَ بِصَوْتٍ حَزينٍ أَبَحَّ، وَهُوَ يَظُنُّ أَنَّ أَحَداً لَنْ يَسْمَعَهُ:

– يا لَيْتَني ما كُنْتُ كَسولاً!

وَصَرَخَ ٱلْوَلَدُ بِصَوْتٍ مُرْتَعِبٍ:

– يا ماما!! تَعالَيْ ٱسْمَعي! سُلَحْفاةٌ تَتَكَلَّمُ!

حينَئِذٍ ٱنْتَبَهَ بابا مَبْروكٌ وَٱبْتَعَدَ عَنِ ٱلْقُضْبانِ ٱلْحَديدِيَّةِ. ثُمَّ أَقْبَلَ أَبو ٱلْوَلَدِ وَأُمُّهُ بِسُرْعَةٍ. وَأَقْبَلَ أَيْضاً عَدَدٌ مِنَ ٱلْعُمّالِ في حَديقَةِ ٱلْحَيَواناتِ، وَٱجْتَمَعوا كُلُّهُمْ حَولَ قَفَصِ ٱلسُّلَحْفاةِ. وَٱلْوَلَدُ يُؤَكِّدُ لِهَؤُلاءِ ٱلنّاسِ أَنَّهُ سَمِعَ ٱلسُّلَحْفاةَ تَتَكَلَّمُ وَتَقولُ:

– يا لَيْتَني ما كُنْتُ كَسولاً!

ضَحِكَ أَبو ٱلْوَلَدِ، وَكانَ مُديرَ ٱلْحَديقَةِ، وَضَحِكَتْ أُمُّهُ، وَضَحِكَ ٱلْمَوْجودونَ جَميعُهُمْ. وَقالَ ٱلْمُديرُ لِٱبْنِهِ:

ـ أَنْتَ ما سَمِعْتَ ٱلسُّلَحْفاةَ تَتَكَلَّمُ، بَلْ سَمِعْتَ عَقْلَكَ يُفَكِّرُ. وَلَمّا كُنْتَ وَحيداً، وَحَوْلَكَ يَسودُ ٱلسُّكونُ ٱلتّامُّ، فَقَدْ سَمِعْتَ هَمْسَ فِكْرِكَ. وَٱلْإِنْسانُ يَعْتَبِرُ ٱلسُّلَحْفاةَ حَيَواناً كَسولاً!

فَأَجابَ ٱلْوَلَدُ أَباهُ:

– أَنا سَمِعْتُ ٱلسُّلَحْفاةَ تَتَكَلَّمُ! فَهَلْ تُراهِنُ يا أَبي؟

وَضَحِكَ ٱلْجَميعُ مَرَّةً ثانِيَةً. وَلَكِنَّ أُمَّ ٱلْوَلَدِ قالَتْ لَهُمْ:

– ابْني وَلَدٌ شَديدُ ٱلِانْتِباهِ. فَهُوَ لا يَقولُ شَيْئاً إِلّا بَعْدَ أَنْ يَتَيَقَّنَهُ. فَأَنا أَقْتَرِحُ عَلَيْكُمْ أَنْ تُراقِبوا هَذِهِ ٱلسُّلَحْفاةَ، فَرُبَّما كانَتْ سُلَحْفاةً عَجيبَةً! وَإِنَّني أُعْطي جائِزَةً لِمَنْ يَكْشِفُ لَنا عَنْ حَقيقَةِ أَمْرِها!

رَغَّبَتِ ٱلْجائِزَةُ عُمّالَ ٱلْحَديقَةِ في مُراقَبَةِ ٱلسُّلَحْفاةِ لِاكْتِشافِ أَمْرِها، فَكانَ كُلُّ عامِلٍ، حينَ يُنْهي عَمَلَهُ، يُسارِعُ

إِلى ٱلْجُلوسِ قُرْبَ قَفَصِ ٱلسُّلَحْفاةِ، حَيْثُ يَراها وَلا تَراهُ، وَيَسْمَعُها وَلا تَسْمَعُ صَوْتَ أَنْفاسِهِ، أَوْ دَقّاتِ قَلْبِهِ. فَما مَضَتْ أَيّامٌ حَتّى سَمِعَ طَنْفوسُ، وَهُوَ عامِلٌ سودانِيٌّ مَرَّ بِقُرْبِ ٱلْقَفَصِ مُصادَفَةً، كَلاماً تَهْمِسُ بِهِ ٱلسُّلَحْفاةُ:

– يا لَيْتَني ما كُنْتُ كَسولاً!

وَلَمّا ثَبُتَ لِطَنْفوسَ أَنَّ ما يَسْمَعُهُ هُوَ كَلامٌ بَشَرِيٌّ، وَلَيْسَ أَوْهاماً يَتَخَيَّلُها، ذَهَبَ إِلى مُديرِ ٱلْحَديقَةِ في بَيْتِهِ. وَطَرَقَ طَنْفوسُ بابَ بَيْتِ ٱلْمُديرِ، قَبْلَ شُروقِ ٱلشَّمْسِ، فَقامَ ٱلْمُديرُ وَٱمْرَأَتُهُ وَٱبْنُهُ مِنَ ٱلنَّوْمِ، وَأَطَلّوا جَميعُهُمْ مِنَ ٱلنّافِذَةِ، لِيَرَوْا مَنِ ٱلطّارِقُ في هَٰذِهِ ٱلسّاعَةِ ٱلْمُبَكِّرَةِ. فَلَمّا رَأى ٱلْمُديرُ ٱلْعامِلَ ٱلسّودانِيَّ ٱلصَّغيرَ قالَ لَهُ:

– طَنْفوسُ، أَهَذا أَنْتَ؟ ما ٱلَّذي جاءَ بِكَ في هَٰذِهِ ٱلسّاعَةِ ٱلْمُبَكِّرَةِ؟

وَكانَ طَنْفوسُ قَدْ هَيَّأَ ٱلْجُمْلَةَ ٱلَّتي سَيَقولُها لِلْمُديرِ، وَٱسْتَعَدَّ

لِهَذا ٱلْمَوْقِفِ؛ وَلَكِنَّهُ **تَلَعْثَمَ** حينَما رَأى ٱلْمُديرَ وَٱمْرَأَتَهُ وَٱبْنَهُ، وَرَأى عَلى وُجوهِهِمْ دَلائِلَ ٱلتَّعَجُّبِ وَ**ٱلِاسْتِياءِ** وَٱلدَّهْشَةِ، فَٱكْتَفى طَنْفوسُ بِأَنْ **غَمْغَمَ** هَذِهِ ٱلْمَقاطِعَ غَيْرَ ٱلْمَفْهومَةِ:

- «سَحْ سَحْ... فَمْ فَمْ.. بَمْ بَمْ!».

ثُمَّ ٱنْصَرَفَ طَنْفوسُ راكِضاً، وَكَأَنَّهُ يَهْرُبُ مِنْ وَجْهِ حَيَوانٍ مُفْتَرِسٍ!

فَهِمَتْ ٱمْرَأَةُ ٱلْمُديرِ قَصْدَ طَنْفوسٍ مِنَ ٱلْمَقاطِعِ ٱلَّتي غَمْغَمَ بِها، لِأَنَّها كانَتِ ٱمْرَأَةً ذَكِيَّةً. فَقالَتْ لِزَوْجِها:

- أَنا فَهِمْتُ! طَنْفوسُ ٱكْتَشَفَ ٱلْحَقيقَةَ، وَٱسْتَحَقَّ ٱلْجائِزَةَ! لِذَا لَمْ يَسْتَطِعْ، مِنْ شِدَّةِ فَرَحِهِ، أَنْ يُعَبِّرَ عَنْ فِكْرِهِ، فَفَقَدَ هُدوءَهُ وَ**رَباطَةَ جَأْشِهِ**.

بَعْدَ خَمْسِ دَقائِقَ كانَ مُديرُ ٱلْحَديقَةِ، وَزَوْجَتُهُ، وَٱبْنُهُ، وَٱلْعُمّالُ، وَٱلطَّبيبُ ٱلْبَيْطَرِيُّ، وَٱلْمُصَوِّرُ، وَعَدَدٌ مِنَ ٱلسُّيّاحِ

تَلَعْثَمَ: تردَّدَ أثناءَ الكلامِ.
الِاستياءُ: الِانزعاجُ.
غَمْغَمَ: قالَ كلاماً غيرَ واضحٍ.
رَباطةُ جأشِهِ: تماسُكه وشَجاعتُه.

ٱلْأَجانِبِ، واقِفينَ عِنْدَ قَفَصِ ٱلسُّلَحْفاةِ ٱلْعَجيبَةِ، يُحاوِلونَ أَنْ يَسْمَعوا كَلامَها، فَلا تَقولُ شَيْئاً. يُقَدِّمونَ إِلَيْها ٱلطَّعامَ فَتُخَبِّئُ رَأْسَها، وَيَشُدّونَ بِدَرْقَتِها فَتَهْرُبُ إِلى بَعيدٍ.

وَلَكِنَّ ٱبْنَ ٱلْمُديرِ خَطَرَ لَهُ أَنْ يَسْأَلَ ٱلسُّلَحْفاةَ هَذا ٱلسُّؤالَ:

- ما ٱسْمُكِ يا سُلَحْفاةُ؟

فَما كانَ أَشَدَّ عَجَبَ ٱلْجَميعِ حينَما سَمِعوا ٱلسُّلَحْفاةَ تُجيبُ بِقَوْلِها:

- اسْمي بابا مَبْروكٌ!

ثُمَّ أَلْقى ٱلصَّبِيُّ ٱلنَّبيهُ عَلى بابا مَبْروكٍ هَذا ٱلسُّؤالَ ٱلثّانِيَ:

- وَلِماذا صِرْتَ سُلَحْفاةً؟

فَأَجابَ بابا مَبْروكٌ:

- لِأَنَّني كُنْتُ أَجْلِسُ عَلى ٱلْكَراسِيِّ في ٱلْمَقاهي!

لَمْ يُصَدِّقِ ٱلنّاسُ ٱلْحاضِرونَ ما سَمِعوا، وَظَنّوا أَنَّ ٱلسُّلَحْفاةَ، مِثْلَ ٱلْبَبَّغاءِ، تَتَعَلَّمُ بَعْضَ ٱلْكَلِماتِ، وَتُرَدِّدُها.

فَقالَ أَحَدُ ٱلْمُتَفَرِّجينَ، مِنَ ٱلسُّيّاحِ، لِمُديرِ ٱلْحَديقَةِ:

– أَنْتَ ٱلَّذي عَلَّمْتَ ٱلسُّلَحْفاةَ هَذِهِ ٱلْكَلِماتِ! اسْأَلْها أَسْئِلَةً غَيْرَها، لِنَرى هَلْ تُجيبُكَ؟

فَضَحِكَ مُديرُ ٱلْحَديقَةِ، وَطَلَبَ إِلى ٱلسّائِحِ أَنْ يَسْأَلَ ٱلسُّلَحْفاةَ بِنَفْسِهِ. فَقالَ ٱلسّائِحُ:

– قُلْ لي يا بابا مَبْروكُ، أَيْنَ كُنْتَ قَبْلَ مَجيئِكَ إِلى هُنا؟

فَأَجابَ بابا مَبْروكٌ:

– كُنْتُ في إِسْطَبْلِ إِبْراهيمَ باشا، قُرْبَ حَرَجِ ٱلصَّنَوْبَرِ في «بَيْروتَ»!

بَعْدَ هَذا ٱلْيَوْمِ ٱنْتَشَرَ خَبَرُ بابا مَبْروكٍ في جَميعِ ٱلْبِلادِ، وَذاعَ صيتُ حَديقَةِ ٱلْحَيَواناتِ ٱلْمِصْرِيَّةِ في أَقْطارِ ٱلشَّرْقِ؛ فَكانَ ٱلْمُتَفَرِّجونَ وَٱلسُّيّاحُ يَقْصِدونَ بِٱلْمِئاتِ إِلى هَذِهِ ٱلْحَديقَةِ كُلَّ يَومٍ. كانوا يَجيئونَ لِيَرَوْا بابا مَبْروكاً ـ ٱلسُّلَحْفاةَ، وَيَسْأَلوهُ بَعْضَ ٱلْأَسْئِلَةِ.

وَأَخَذَ بَعْضُ ٱلسُّيّاحِ يُبالِغونَ في ذِكْرِ ٱلْأَخْبارِ، وَرِوايَةِ ٱلْحَوادِثِ، حَتّى شاعَ أَنَّ بابا مَبْروكاً هُوَ سُلَحْفاةٌ تَقْرَأُ في ٱلصُّحُفِ، وَتَكْتُبُ عَلى ٱلْوَرَقِ، وَتُنْشِدُ ٱلْأَشْعارَ.

وَزادَ ٱلْأَدِلّاءُ، ٱلَّذينَ يَقودونَ ٱلسُّيّاحَ، عَلى هَذِهِ ٱلْأُسْطورَةِ قَوْلَهُمْ:

- إِنَّ هَذِهِ ٱلسُّلَحْفاةَ باقِيَةٌ في «ٱلْقاهِرَةِ» مُنْذُ عَهْدِ ٱلْفَراعِنَةِ؛ فَهِيَ تَعْرِفُ ٱسْمَ ٱلْفِرْعَوْنِ ٱلَّذي بَنى هَرَمَ «ٱلْجيزَةِ»، وَتَذْكُرُ ٱسْمَ ٱلْفِرْعَونِ ٱلَّذي حَفَرَ **تُرْعَةَ** «ٱلسُّوَيْسِ» أَوَّلَ مَرَّةٍ!

فَأَطْلَقَ ٱلسُّيّاحُ عَلى بابا مَبْروكٍ لَقَبَ «سُلَحْفاةِ ٱلْفَراعِنَةِ»!

وَجاءَ أَحَدُ ٱلسُّيّاحِ إِلى حَديقَةِ ٱلْحَيَواناتِ، وَكانَ يَحْمِلُ لَوْحَةً، وَفَراشِيَ كَثيرَةً، وَكُرْسِيّاً، وَعُلْبَةَ أَلْوانٍ. ثُمَّ جَلَسَ هَذا ٱلسّائِحُ قُرْبَ قَفَصِ ٱلسُّلَحْفاةِ، كَأَنَّهُ يُريدُ أَنْ يَرْسُمَها. وَما كانَ أَشَدَّ دَهْشَةَ بابا مَبْروكٍ حينَما سَأَلَهُ ٱلسّائِحُ بِقَوْلِهِ:

- هَلْ تُحْسِنُ، يا بابا مَبروكُ، ٱلرَّسْمَ بِٱلزَّيْتِ؟

فَقالَ بابا مَبْروكٌ، وَهُوَ لا يُخْفي أَلَمَهُ وَدَهْشَتَهُ:

- لَوْ كُنْتُ أُحْسِنُ ٱلرَّسْمَ لَكُنْتُ تَعَلَّمْتُ ٱلْكِتابَةَ. وَلَوْ تَعَلَّمْتُ ٱلْكِتابَةَ لَتَعَلَّمْتُ ٱلْقِراءَةَ. وَلَوْ تَعَلَّمْتُ ٱلْقِراءَةَ لَما جَلَسْتُ في

تُرْعَةٌ: قَناةٌ.

ٱلْمَقاهي. وَلَوْ تَجَنَّبْتُ ٱلْجُلوسَ في ٱلْمَقاهي لَما تَعَوَّدْتُ تَدْخينَ ٱلنّارَجيلَةِ، سَبَبِ كُلِّ عِلَّةٍ!

فَسُرَّ ٱلسّائِحُ مِنْ كَلامِ بابا مَبْروكٍ، ثُمَّ ٱنْصَرَفَ بَعْدَ أَنْ رَسَمَ ٱلسُّلَحْفاةَ واقِفَةً عَلى قَدَمَيْها، وَهِيَ تَحْمِلُ في يَدِها عَصاً تَتَوَكَّأُ عَلَيْها كَأَنَّها تَخْطُبُ، وَحَوْلَ قَفَصِها عَدَدٌ مِنَ ٱلْمُتَفَرِّجينَ يُصَفِّقونَ لَها.

وَكانَ قَصْدُ ٱلسّائِحِ مِنْ هَذا ٱلرَّسْمِ أَنْ يَنْشُرَ ٱلصّورَةَ في ٱلْمَجَلّاتِ وَٱلْجَرائِدِ في بِلادِهِ، فَيَرى ٱلنّاسُ هُناكَ هَذِهِ

ٱلْأُعْجوبَةَ ٱلْخارِقَةَ، وَيَفْتَخِرُ ٱلسّائِحُ بِهَذا ٱلسَّبْقِ ٱلْعَجيبِ.

أَمّا مُديرُ حَديقَةِ ٱلْحَيَواناتِ فَكانَ يَبْحَثُ، مَعَ زَوْجَتِهِ وَٱبْنِهِ، عَنْ طَريقَةٍ تُخَلِّصُ بابا مَبْروكاً مِنَ ٱلْعارِ، وَتُعيدُ إِلَيْهِ كَرامَتَهُ ٱلْإِنْسانِيَّةَ. وَقَدْ ساعَدَهُمْ عَلى هَذا طَنْفوسُ، وَكانَ قَدْ قَبَضَ ٱلْجائِزَةَ مِنْ زَوْجَةِ ٱلْمُديرِ، وَٱشْتَرى بِها كُتُباً يُطالِعُها، وَدَرّاجَةً يَتَنَزَّهُ عَلَيْها وَيَتَجَوَّلُ، فَيَقْضي حاجاتِهِ، وَيُرَوِّضُ بَدَنَهُ. فَقَدْ وَجَدَ طَنْفوسُ أَنَّ بابا مَبْروكاً كانَ يَذْهَبُ إِلى ٱلْمَقاهي لِأَنَّهُ لا يَقْرَأُ وَلا يُحِبُّ ٱلرِّياضَةَ، وَفي ٱلْمَقاهي تَعَوَّدَ بابا مَبْروكٌ تَدْخينَ ٱلنّارَجيلَةِ.

وَقالَ طَنْفوسُ لِمُديرِ ٱلْحَديقَةِ وَزَوْجَتِهِ وَٱبْنِهِ:

- إِذا وَجَدْنا رَفيقَةً صالِحَةً لِبابا مَبْروكٍ خَلَّصْناهُ مِنْ هَذا ٱلْعارِ، وَمِنْ هَذِهِ ٱلْحَياةِ ٱلْبَهيمِيَّةِ. وَٱلرَّفيقَةُ ٱلصّالِحَةُ تُساعِدُ ٱلْإِنْسانَ عَلى تَعَوُّدِ ٱلْعاداتِ ٱلصّالِحَةِ!

أَعْجَبَتْ هَذِهِ ٱلْفِكْرَةُ مُديرَ حَديقَةِ ٱلْحَيَواناتِ وَزَوجَتَهُ

البَهيميّةُ: الحَيوانيّةُ.

وَٱبْنَهُ، وَقالوا لِطَنْفوسَ:

– أَحْسَنْتَ يا طَنْفوسُ، فَإِنَّ عَقْلَكَ كَبيرٌ، وَقَلْبَكَ رَحيمٌ، فَأَنْتَ إِنْسانٌ كَريمٌ.

في ٱلْيَوْمِ ٱلتّالي بَحَثَ ٱلْمُديرُ وَزَوجَتُهُ وَٱبْنُهُ وَطَنْفوسُ عَنْ رَفيقَةٍ لِبابا مَبْروكٍ، رَفيقَةٍ تَسْهَرُ عَلى تَعْويدِهِ ٱلْعاداتِ ٱلصّالِحَةَ، فَٱخْتاروا لَهُ ٱلضِّفْدِعَةَ كوكو.

إِنَّ ٱلضِّفْدِعَةَ بارِدَةُ ٱلدَّمِ، لَكِنَّها نَشيطَةٌ؛ فَهِيَ تُحْسِنُ ٱلْقَفْزَ وَٱلسِّباحَةَ، وَتَعيشُ في ٱلْماءِ كَما تَعيشُ عَلى ٱلْيابِسَةِ، وَهِيَ لا تَتَنَشَّقُ إِلّا ٱلْهَواءَ ٱلنَّظيفَ ٱلنَّقِيَّ في ٱلْبَرِّيَّةِ ٱلْواسِعَةِ.

وَقالَ طَنْفوسُ لِبابا مَبْروكٍ:

– هَذِهِ ٱلضِّفْدِعَةُ تُدَرِّبُكَ، وَتُعَوِّدُكَ ٱلْعاداتِ ٱلصّالِحَةَ، فَيَضْمُرُ بَطْنُكَ، وَتَشْتَدُّ عَضَلاتُكَ، وَتَسْتَعيدُ نَشاطَكَ، وَتَسْتَرْجِعُ قُوَّتَكَ. ثُمَّ تَعودُ إِلى ٱلْعَمَلِ، فَتَرْجِعُ إِنْساناً كَما كُنْتَ.

وَهَكَذا بَدَأَتْ كوكو بِتَدْريبِ بابا مَبْروكٍ، وَتَعْويدِهِ ٱلْعاداتِ ٱلصّالِحَةَ.

يَضْمُرُ: يهزُلُ، يَنحَفُ.

كانَتِ ٱلضِّفْدِعَةُ تَقْفِزُ مِنْ فَوقِ ٱلْحَجَرِ ٱلْعالي لِتَصْطادَ ٱلْحَشَراتِ، وَتَقولُ لِلسُّلَحْفاةِ:

– افْعَلي مِثْلي! اقْفِزي! لا تَخافي! النَّشاطُ دَليلُ ٱلْحَياةِ!

فَتَقْفِزُ ٱلسُّلَحْفاةُ.

ثُمَّ تَقولُ ٱلضِّفْدِعَةُ كوكو:

– تَعالَيْ نَرْكُضْ في ٱلْحَقْلِ، قُرْبَ ٱلْمِياهِ ٱلْجارِيَةِ هُناكَ. فَٱلرَّكْضُ يُفيدُ ٱلْأَرْجُلَ، وَٱلرَّكْضُ رِياضَةٌ تُطيلُ ٱلسّاقَيْنِ، وَهِيَ تُقَوّي ٱلرَّقَبَةَ وَٱلصَّدْرَ. فَتَرْكُضُ ٱلسُّلَحْفاةُ.

ثُمَّ تَقولُ كوكو:

– تَنَفَّسي! خُذي ٱلْهَواءَ مِنْ أَنْفِكِ إِلى صَدْرِكِ، بِقُوَّةٍ، حَتّى تَمْتَلِئَ رِئَتاكِ. ثُمَّ ٱزْفِري ٱلْهَواءَ مِنْ أَنْفِكِ وَفَمِكِ، فَيَطْهُرَ دَمُكِ، وَيَحْمَرَّ وَجْهُكِ!

فَتَفْعَلُ ٱلسُّلَحْفاةُ.

وَهَكَذا لَمْ يَمْضِ شَهْرانِ حَتّى كانَتِ ٱلسُّلَحْفاةُ قَدِ ٱكْتَسَبَتِ ٱلنَّشاطَ وَٱلْقُوَّةَ، وَأَصْبَحَتْ، مِثْلَ ٱلضِّفْدِعَةِ، دائِمَةَ

ٱلْحَرَكَةِ؛ وَتَعَلَّمَتْ كوكو مِنَ ٱلسُّلَحْفاةِ كَيْفَ تُغَنّي وَهِيَ خارِجَ ٱلْمِياهِ.

وَفي أَحَدِ أَيّامِ ٱلشِّتاءِ ٱلْأَخيرَةِ، بَدَأَتْ كوكو تُغَنّي مَعَ صاحِباتِها قُرْبَ ٱلْمُسْتَنْقَعِ ٱلْمُجاوِرِ، فَسَمِعَتْ حَيواناتُ ٱلْحَديقَةِ هَذا ٱلنَّغَمَ، وَسُرَّتْ جَميعُها لِأَنَّهُ يُبَشِّرُها بِٱلرَّبيعِ. وَلَكِنَّ ٱلسُّلَحْفاةَ لَم تَطْرَبْ لِهَذا ٱلنَّقيقِ ٱلَّذي يَتَرَدَّدُ عَلى وَتيرَةٍ واحِدَةٍ، كَأَنَّهُ بُكاءُ طِفْلٍ سَيِّئِ ٱلتَّرْبِيَةِ. فَثارَتْ أَعْصابُ بابا مَبْروكٍ حينَما سَمِعَ نَقيقَ ٱلضَّفادِعِ، وَضَرَبَ ٱلْأَرْضَ بِقَدَمَيْهِ ٱلْقَوِيَّتَيْنِ يَحْتَجُّ عَلى رَفيقَتِهِ كوكو. وَإِذا بِدَرْقَةِ ٱلسُّلَحْفاةِ تَسْقُطُ إِلى ٱلْأَرْضِ وَتَتَحَطَّمُ، وَإِذا بِرَأْسِ بابا مَبْروكٍ يُناطِحُ قُضْبانَ ٱلْقَفَصِ.

وَتَلْتَفِتُ كوكو، فَتَرى رَجُلاً يَنْتَصِبُ في قَفَصِ ٱلسُّلَحْفاةِ؛ وَإِذا طَنْفوسُ يَصْرُخُ مِنَ ٱلْجِهَةِ ٱلثّانِيَةِ:

– بابا مَبْروكُ! الحَمْدُ لِلهِ عَلى ٱلسَّلامَةِ!

ثُمَّ يَأْخُذُ طَنْفوسُ بِيَدِ بابا مَبْروكٍ، وَيَقودُهُ إِلى مَنْزِلِ مُديرِ

يَنتصبُ: يرتفعُ.

ٱلْحَديقَةِ؛ فَيَفْرَحُ ٱلْجَميعُ لِبابا مَبْروكٍ.

وَيَقولُ ٱبْنُ ٱلْمُديرِ لِأَبيهِ، بِلُطْفٍ وَوَداعَةٍ:

– بابا مَبْروكٌ يَبْقى عِنْدَنا! أَلَيْسَ هَكَذا يا أَبي؟

وَتَقولُ زَوْجَةُ ٱلْمُديرِ:

– بَلى! وَهُوَ يَشْتَغِلُ مَعَ بَقِيَّةِ ٱلْعُمّالِ في حَديقَةِ ٱلْحَيَواناتِ!

وَيَقولُ مُديرُ ٱلْحَديقَةِ:

– بِٱلتَّأْكيدِ سَيَبْقى بابا مَبْروكٌ رَئيساً لِعُمّالِ ٱلْحَديقَةِ. يَشْتَغِلُ مَعَهُمْ، وَيُعَلِّمُهُمْ كَيْفَ يَبْقَوْنَ أَقْوِياءَ نَشيطينَ، دائِماً.

وهَكَذا بَقِيَ بابا مَبْروكٌ في حَديقَةِ ٱلْحَيَواناتِ، وَلَكِنْ لِيَعْمَلَ بِنَشاطٍ مَعَ سائِرِ ٱلْعُمّالِ. وَقَدْ شُفِيَ مِنْ مَرَضِ ٱلْكَسَلِ، وَٱلْجُلوسِ عَلى ٱلْكَراسِيِّ في ٱلْمَقاهي. وَتَرَكَ بابا مَبْروكٌ ٱلتَّدْخينَ بِالنّارَجيلَةِ، لِأَنَّ ٱلتَّدْخينَ عادَةٌ مُضِرَّةٌ بِٱلصِّحَّةِ، وَلِأَنَّ ٱلتَّدْخينَ يُضَيِّعُ ٱلْمالَ سُدىً، وَيُذْهِبُ جُزْءاً مِنْ عُمْرِ ٱلْإِنْسانِ بِلا فائِدَةٍ لِنَفْسِهِ أَوْ لِغَيْرِهِ.

وَفي أَوْقاتِ ٱلْفَراغِ كانَ بابا مَبْروكٌ يَتَنَزَّهُ في ٱلْبَرِّيَّةِ، أَوْ يَذْهَبُ إِلى شاطِئِ ٱلْبَحْرِ، أَوْ يَتَسَلَّقُ ٱلْجِبالَ، وَيَجْمَعُ ٱلْأَزْهارَ

وَٱلنَّباتاتِ ٱلْغَريبَةَ، أَوْ يَتَمَلّى مِنَ ٱلْمَناظِرِ ٱلطَّبيعِيَّةِ ٱلْجَميلَةِ، فَيُصْبِحُ، كُلَّ يَوْمٍ، أَحْسَنَ مِنْهُ في ٱلْيَوْمِ ٱلسّابِقِ، وَأَعْرَفَ، وَأَوْعى، وَأَحْكَمَ.

جِحا وحِمارُهُ

رَكِبَ جِحا حِمارَهُ ٱلْأَبْيَضَ، وَمَشى. وَكانَ حِمارُ جِحا حِماراً قُبْرُصِيّاً، وَكانَ أَذْكى مِنْ غيرِهِ مِنَ ٱلْحَميرِ ٱلْبيضِ.

فَلَمّا وَصَلَ جِحا وَحِمارُهُ إِلى ٱلْعَيْنِ، ٱسْتَوقَفَ جِحا حِمارَهُ، وَقالَ لَهُ:

– اشْرَبْ يا حِماري! اشْرَبْ! فَٱلْمَسافَةُ بَعيدَةٌ، وَطَعامُكَ شَعيرٌ. ثُمَّ... ٱلشَّعيرُ طَعامٌ حامٍ مِثْلُ ٱلْبُرْغُلِ!

حينَئِذٍ أَجابَ ٱلْحِمارُ جِحا بِثَلاثِ هَزّاتٍ مِنْ رأْسِهِ ٱلْكَبيرِ، كَأَنَّ ٱلْحِمارَ أَرادَ أَنْ يَقولَ:

– لا! لا! أَنا غَيْرُ عَطْشانَ! اشْرَبْ أَنْتَ يا جِحا إِذا شِئْتَ! طَعامي ٱلْبَسيطُ أَحْسَنُ مِنْ طَعامِكَ ٱلْخَليطِ!

ثُمَّ تابَعَ حِمارُ جِحا طَريقَهُ. وَكانَتْ في رَقَبَةِ ٱلْحِمارِ أَجْراسٌ صَغيرَةٌ صَفْراءُ، تَرِنُّ كُلَّما حَرَّكَ رَأْسَهُ، فَيُسْمَعُ لِرَنينِها صَدىً حُلْوٌ.

وَصَلَ جِحا وَحِمارُهُ إِلى خارِجِ ٱلْمَدينَةِ، فَصارَتِ ٱلْأَجْراسُ ٱلصَّغيرَةُ ٱلصَّفْراءُ تَلْمَعُ في نورِ ٱلشَّمْسِ. وَكانَ لَمَعانُها يَزْدادُ كُلَّما ٱبْتَعَدَ جِحا وَحِمارُهُ عَنِ ٱلْبُيوتِ: فَٱلْبُيوتُ مُتَلاصِقَةٌ في مَدينَةِ جِحا ٱلْقَديمَةِ، وَٱلْأَزِقَّةُ ٱلَّتي تَفْصِلُ بَيْنَ بُيوتِ هَذِهِ ٱلْمَدينَةِ أَزِقَّةٌ ضَيِّقَةٌ، لِذا لا تَنْفُذُ أَشِعَّةُ ٱلشَّمْسِ ٱلْمُفيدَةُ إِلَيْها؛ بَلْ كانَ بَعْضُ تِلْكَ ٱلْأَزِقَّةِ مُظْلِماً مِثْلَ ٱلْقُبورِ.

مَضَتْ ساعَةٌ مِنَ ٱلزَّمَنِ، وَإِذا نورُ ٱلشَّمْسِ يَضْعُفُ ثُمَّ يَضْعُفُ قَليلاً قَليلاً، حَتّى ظَنَّ جِحا أَنَّهُ رَجَعَ إِلى ٱلْمَدينَةِ قَبْلَ وُصولِهِ إِلى مَزْرَعَتِهِ، وَراءَ ٱلنَّهْرِ. وَظَنَّ حِمارُهُ ٱلْأَبْيَضُ ٱلْقُبْرُصِيُّ أَنَّ ٱللَّيلَ قَدْ جاءَ، في هَذا ٱلْيَوْمِ قَبْلَ أَوانِهِ. وَما كانَ أَشَدَّ عَجَبَ جِحا ساعَةَ رَأى ٱلْغُيومَ ٱلسَّوْداءَ تَصْعَدُ مِنْ جِهَةِ ٱلْبَحْرِ. وَٱزْدادَ خَوفُ جِحا ساعَةَ رَأى هَذِهِ ٱلْغُيومَ تُغَطّي وَجْهَ ٱلسَّماءِ، ثُمَّ ٱلْمَطَرَ يَبْدَأُ بِٱلسُّقوطِ عَلى ٱلْبَحْرِ وَٱلْأَراضي ٱلْمُجاوِرَةِ. كانَ ٱلْمَطَرُ يَسْقُطُ نُقَطاً كَبيرَةً، كَحَبّاتِ ٱلْحِمِّصِ، ثُمَّ تُلامِسُ هَذِهِ ٱلنُّقَطُ ٱلْأَرْضَ، فَتَتَسَطَّحُ مِثْلَ ٱللّيراتِ ٱلذَّهَبِيَّةِ.

تَنْفُذُ إِلَيْها: تَدخلُ إِلَيْها.

كانَ جحا لابِساً ثِيابَهُ ٱلْجَديدةَ، وَقَدْ خَرَجَ في هَذا ٱلنَّهارِ، مِنْ أَيّامِ ٱلْخَريفِ، لِلنُّزْهَةِ؛ وَجِحا حَريصٌ عَلى ثِيابِهِ ٱلْجَديدَةِ، وَهُوَ حَريصٌ أَيْضاً عَلى حِمارِهِ ٱلذَّكِيِّ، لِأَنَّ ثِيابَ جِحا غالِيَةٌ تُكَلِّفُهُ مالاً كَثيراً، وَحِمارُهُ ٱلْأَبْيَضُ ٱلْقُبْرُصِيُّ حِمارٌ نادِرُ ٱلْمِثالِ.

اشْتَرى جِحا حِمارَهُ ٱلْأَبْيَضَ هَذا مِنْ سوقِ ٱلْحَميرِ، في ٱلسَّنَةِ ٱلْماضِيَةِ. اشْتَراهُ بِمَبْلَغٍ قَليلٍ مِنَ ٱلْمالِ، لِأَنَّهُ كانَ حِماراً مَريضاً. وَلَكِنَّ جِحا داوى حِمارَهُ ٱلْأَبْيَضَ لَدى ٱلطَّبيبِ ٱلْبَيْطَرِيِّ، داواهُ مِنْ أَمْراضٍ كَثيرَةٍ: فَقَدْ كانَ ٱلْحِمارُ مُصاباً في عَيْنِهِ ٱلْيُمْنى، وَفي أُذْنِهِ ٱلْيُسرى، وَبَطْنِهِ، لِذا كَلَّفَ ٱلْحِمارُ ٱلْأَبْيَضُ جِحا مالاً كَثيراً، مِنْ أُجْرَةِ ٱلطَّبيبِ ٱلْبَيْطَرِيِّ، إِلى ثَمَنِ ٱلْأَدْوِيَةِ، وَغَيْرِها. وَلَكِنَّ جِحا كانَ يُعَزّي نَفْسَهُ عَنْ خَسارَةِ تِلْكَ ٱلْأَمْوالِ. كانَ يَتَعَزّى كُلَّما شاهَدَ حِمارَهُ ٱلْأَبْيَضَ، وأُذُنَيْهِ ٱلْقَصيرَتَيْنِ بِٱلنِّسْبَةِ إِلى آذانِ ٱلْحَميرِ، وفَمَهُ ٱللَّطيفَ، وَأَسْنانَهُ ٱلدَّقيقَةَ. وَكانَ ذَكاءُ هَذا ٱلْحِمارِ ٱلْعَجيبِ أَكْبَرَ تَسْلِيَةٍ لِجِحا،

فَنَسِيَ ٱلْمالَ ٱلْكَثيرَ ٱلَّذي أَنْفَقَهُ عَلى تَطْبيبِ حِمارِهِ وَمُعالَجَتِهِ مِنَ ٱلْأَمْراضِ.

شَعَرَ ٱلْحِمارُ ٱلْأَبْيَضُ بِخَوْفِ جِحا مِنْ هُجومِ ٱلظَّلامِ قَبْلَ ٱلْأَوانِ. وَشَعَرَ ٱلْحِمارُ ٱلْأَبْيَضُ أَيْضاً بِخَشْيَةِ جِحا مِنْ تَبَلُّلِ ثِيابِهِ ٱلْجَديدَةِ. فَحِمارُ جِحا يُدْرِكُ ما يَخْطُرُ بِبالِ جِحا، يُدْرِكُ هَذا قَبْلَ أَنْ يَبوحَ بِهِ صاحِبُهُ، لِأَنَّهُ حِمارٌ ذَكِيٌّ. لِذا وَقَفَ ٱلْحِمارُ عِنْدَ صَخْرَةٍ كَبيرَةٍ كَيْ يُسَهِّلَ لِجِحا ٱلنُّزولَ عَنْ ظَهْرِهِ إِذا أَرادَ. وَقالَ ٱلْحِمارُ لَهُ:

– لا تَخَفْ يا سَيِّدي جِحا إِنّني سَأَمْشي بَيْنَ ٱلنُّقْطَةِ وَٱلنُّقْطَةِ!

هَذا ٱلْكَلامُ، مِنْ فَمِ ٱلْحِمارِ ٱلْأَبْيَضِ، زادَ في ٱضْطِرابِ جِحا. بَلْ كادَ جِحا يَسْقُطُ عَنْ ظَهْرِ حِمارِهِ حينَما سَمِعَ حِمارَهُ يَتَكَلَّمُ! وَقَدْ أَصابَ جِحا دُوارٌ في رَأْسِهِ، كَأَنَّهُ راكِبٌ في سَفينَةٍ. وَلَكِنَّهُ هَدَّأَ رَوْعَهُ، وَثَبَّتَ حالَهُ عَلى ظَهْرِ حِمارِهِ

بِخَشيةٍ: بخوفٍ.

ٱلْعَجيبِ، ثُمَّ سَأَلَهُ:

- قُلْ أَوَّلاً، أَيْنَ تَعَلَّمْتَ ٱلْكَلامَ يا حِمارُ؟

فَما سَمِعَ جِحا جَواباً لِسُؤالِهِ، بَلْ رَأى ٱلْحِمارَ ٱلْأَبْيَضَ يَعودُ إِلى مُتابَعَةِ سَيْرِهِ، وَهُوَ يَهُزُّ رَأْسَهُ هَزّاتٍ مُتَتابِعَةً، فَيَسْمَعُ جِحا رَنينَ ٱلْأَجْراسِ ٱلصَّغيرَةِ يَمْلَأُ أُذُنَيْهِ بِصَوْتٍ عَظيمٍ، كَأَنَّهُ هَديرُ ٱلْبَحْرِ، وَهُوَ يَسيرُ مُنْفَرِداً في ٱلْبَرِّيَّةِ، بِرِفْقَةِ حِمارِهِ، دونَ سِواهُ.

مَشى ٱلْحِمارُ ٱلْأَبْيَضُ، وَٱلْمَطَرُ يَتَساقَطُ، فَما كانَ ٱلْحِمارُ يَبْتَلُّ، وَلا ٱبْتَلَّتْ ثِيابُ جِحا. وَحينَما وَصَلا إِلى ٱلنَّهْرِ، شاهَدَ ٱلْفَلّاحونَ جِحا وَحِمارَهُ ناشِفَيْنِ، فَتَعَجَّبَ ٱلْفَلّاحونَ مِنْ هَذا ٱلْمَشْهَدِ، وَتَساءَلوا في سِرِّهِمْ:

- كَيْفَ ٱسْتَطاعَ جِحا وَحِمارُهُ أَنْ يَنْجُوَا مِنَ ٱلتَّبَلُّلِ بِٱلْماءِ؟ نَحْنُ تَبَلَّلَتْ ثِيابُنا وَأَبْقارُنا، وَهَذِهِ أَرْضُنا ٱرْتَوَتْ مِنَ ٱلْمَطَرِ ٱلَّذي سَقَطَ.

سَمِعَ ٱلْحِمارُ ٱلْأَبْيَضُ ٱلْقُبْرُصِيُّ هَذِهِ **ٱلْخَواطِرَ**، لِأَنَّهُ حِمارٌ

الخواطرُ: الفِكَرُ التّي تَخطُر في البالِ.

ذَكِيٌّ يُدْرِكُ ما يَقولُهُ ٱلنّاسُ قَبْلَ أَنْ يَتفَوَّهوا بِهِ. فٱلْتَفَتَ إِلى جِحا وَقالَ لَهُ:

– هَلْ يَظُنُّني هَؤُلاءِ ٱلْفَلّاحونَ حِماراً مِثْلَ سائِرِ ٱلْحَميرِ؟

ثُمَّ أَخَذَ يَهُزُّ رَأْسَهُ هَزّاتٍ **مُتَتابِعَةً**، وَجِحا يَنْظُرُ إِلى حِمارِهِ ٱلْأَبْيَضِ مُتَعَجِّباً. فَجِحا لَمْ يَكُنْ يُصَدِّقُ أَنَّ حِماراً يَفْهَمُ، كَما يَفْهَمُ بَعْضُ ٱلنّاسِ، أَوْ يَتَكَلَّمُ كَما يَتَكَلَّمُ جَميعُ ٱلنّاسِ، بَلْ لَمْ يَكُنْ يَخْطُرُ بِبالِ جِحا يَوْمَ ٱشْتَرى حِمارَهُ، أَنَّهُ ٱشْتَرى حِماراً عَجيباً، لَيْسَ كَمِثْلِهِ حِمارٌ!

لَمَسَ جِحا بَطْنَ حِمارِهِ بِرِفْقٍ. لَمَسَهُ بِطَرَفِ كَعْبَيْهِ. ثُمَّ هَزَّ لَهُ **ٱلرَّسَنَ** كَيْ يَدْعُوَهُ إِلى عُبورِ ٱلنَّهْرِ، مِنْ ضِفَّةٍ إِلى ضِفَّةٍ، وَلا سِيَّما أَنَّ ٱلْحِمارَ قَدْ أَطالَ وُقوفَهُ عِنْدَ ٱلضِّفَّةِ ٱلْيُمْنى.

وَكانَ ٱلْفَلّاحونَ واقِفينَ في ٱلْحُقولِ ٱلْمُجاوِرَةِ. وَقَفوا وَراءَ ضِفَّةِ ٱلنَّهْرِ ٱلْيُسْرى مَذْهوشينَ. إِنَّهُمْ يَتَعَجَّبونَ مِنَ ٱلْمَشْهَدِ ٱلْغَريبِ ٱلَّذي يَرَوْنَهُ، فَتَتَسَمَّرُ أَرْجُلُهُمْ بِٱلْأَرْضِ،

مُتَتابعةٌ: مُتَتاليةٌ.

الرَّسَنُ: ما يُربَطُ به رأسُ الحمارِ.

وَتَتَسَمَّرُ عُيونُهُمْ عَلى جِحا وَحِمارِهِ ٱلْعَجيبِ ٱلَّذي يَمْشي بَيْنَ ٱلنُّقْطَةِ وَٱلنُّقْطَةِ.

عانَدَ ٱلْحِمارُ ٱلْأَبْيَضُ، وَأَصَرَّ عَلى ٱلْوُقوفِ عِنْدَ ضِفَّةِ ٱلنَّهْرِ ٱلْيُمْنى. **فَوَكَزَ** جِحا بَطْنَ حِمارِهِ مَرَّةً ثانِيَةً، وَكانَتِ ٱلْوَكْزَةُ، هَذِهِ ٱلْمَرَّةَ، وَكْزَةً شَديدَةً. فَأَبى ٱلْحِمارُ أَنْ يَتَحَرَّكَ، وَأَصَرَّ عَلى عِنادِهِ. حينَئِذٍ صَرَخَ جِحا في أُذُنِ حِمارِهِ غاضِباً عَلَيْهِ. بَلْ إِنَّ جِحا لَوَّحَ لِحِمارِهِ بِٱلْعَصا، وَقالَ:

– أُفٍّ لَكَ! أَحِمارٌ أَنْتَ أَمْ صَيّادٌ؟ ماذا تَرى في ٱلنَّهْرِ حَتّى جَمَدْتَ في مَكانِكَ عَلى هَذِهِ ٱلصّورَةِ؟

قالَ جِحا هَذِهِ ٱلْكَلِماتِ بِصَوْتٍ عالٍ. ثُمَّ نَزَلَ عَنْ ظَهْرِ حِمارِهِ إِلى ٱلْأَرْضِ، وَأَخَذَ يَنْظُرُ في ٱلْماءِ، كَأَنَّهُ يَبْحَثُ عَنْ شَيْءٍ أَضاعَهُ.

حَدَّقَ جِحا طَويلاً إِلى ٱلْماءِ ٱلصّافي ٱلْأَزْرَقِ، فَإِذا بِهِ يَرى، هُناكَ، في وَسَطِ ٱلنَّهْرِ، حَيَّةً سَوْداءَ! كانَ جَسَدُ ٱلْحَيَّةِ يَسْبَحُ في ٱلْمِياهِ، وَرَأْسُها يَتَطَلَّعُ إِلى ٱلْحِمارِ ٱلْأَبْيَضِ، مِنْ فَوْقِ

وَكَزَ: ضَرَبَ.

ٱلْمِياهِ. وَكانَ لِلْحَيَّةِ عَيْنانِ بَرّاقَتانِ صَغيرَتانِ، تَدُلّانِ عَلى **ٱلْخُبْثِ وَٱلْمَكْرِ**.

حينَئِذٍ زالَ عَجَبُ جِحا مِنْ وُقوفِ حِمارِهِ عِنْدَ ضِفَّةِ ٱلنَّهْرِ ٱلْيُمْنى، وَقَدْ عَرَفَ جِحا حِمارَهُ ٱلْأَبْيَض مُتَنَبِّهاً: فَهوَ لا يَخْطو خُطْوَةً إِلّا بَعْدَ أَنْ يُفَكِّرَ وَيَسْتَعِدَّ لِلْخُطْوَةِ ٱلتّالِيَةِ. وَلَكِنَّ جِحا عادَ فَتَعَجَّبَ لِوُجودِ ٱلْحَيَّةِ ٱلسَّوْداءِ، ذاتِ ٱلْعَيْنَيْنِ ٱلْبَرّاقَتَيْنِ، في ٱلْماءِ. تَعَجَّبَ جِحا لِأَنَّ ٱلْحَيَّةَ كانَتْ تَتَطَلَّعُ إِلى ٱلْحِمارِ، كَأَنَّها تَعْرِفُهُ مُنْذُ زَمَنٍ بَعيدٍ.

الخُبثُ والمَكرُ: الخِداعُ.

فَقالَ جِحا لِحِمارِهِ ٱلْأَبْيَضِ، وَهُوَ يُهَدِّدُهُ بِٱلضَّرْبِ:

– يا حِماري. إِمّا أَنْ تَمْشِيَ وَتَقْطَعَ ٱلنَّهْرَ، وَإِمّا أَنْ تُخْبِرَني بِقِصَّةِ هَذِهِ ٱلْحَيَّةِ ٱلسَّوْداءِ، عَلى ٱلتَّمامِ وَٱلْكَمالِ.

فَقالَ ٱلْحِمارُ، وَٱلدَّمْعُ يَمْلَأُ عَيْنَيْهِ ٱلْمَكْحولَتَيْنِ مِثْلَ عَيْنَيِ ٱلْغَزالَةِ:

– هَذِهِ ٱلْحَيَّةُ ٱلَّتي تَراها يا سَيِّدي جِحا كانَتْ رَفيقَتي، وَكُنْتُ أُحِبُّها!

قالَ ٱلْحِمارُ ٱلْأَبْيَضُ هَذا. ثُمَّ سَكَتَ. وَلَكِنَّهُ عادَ وَتابَعَ كَلامَهُ، وَهُوَ يَبْكي وَيَقولُ:

– هَذِهِ ٱلْحَيَّةُ ٱلسَّوْداءُ، ٱلَّتي تَراها يا سَيِّدي جِحا كانَتْ فَتاةً سَمْراءَ جَميلَةً. وَكُنْتُ أَنا شابّاً نَشيطاً، مُتَعَلِّماً. تَزَوَّجْتُ هَذِهِ ٱلْفَتاةَ، وَٱتَّخَذْتُها رَفيقَةً أَمينَةً لي. كُنْتُ أُحِبُّها وَكانَتْ تُحِبُّني. وَلَكِنَّها كانَتْ جاهِلَةً، حَمْقاءَ، شِرّيرَةً. كانَتْ تُحِبُّ ٱلْأَذى. وَكانَ لِسانُها طَويلاً، فَكانَتْ تُسْمِعُ ٱلنّاسَ كَلاماً لا يَسُرُّهُمْ. وَكانَتْ تُعَذِّبُ ٱلْحَيَواناتِ. وَكانَتْ أَخْلاقُها سَيِّئَةً جِدّاً. وَكانَتْ طِباعُها شَرِسَةً جِدّاً. لِذَلِكَ مَسَخَها ٱللهُ حَيَّةً سَوْداءَ قَبيحَةً!

هُنا سَكَتَ ٱلْحِمارُ ٱلْأَبْيَضُ مَرَّةً ثانِيَةً، لِأَنَّهُ غَصَّ بِريقِهِ مِنْ شِدَّةِ أَلَمِهِ. وَكانَ جِحا يَعْرِفُ بَقِيَّةَ هَذِهِ ٱلْقِصَّةِ، فَهِيَ قِصَّةٌ شاعَتْ في مَدينَةِ جِحا ٱلْقَديمَةِ، حَتّى سَمِعَ بِها ٱلنّاسُ كُلُّهُمْ. وَلَكِنَّ ٱلنّاسَ، في ٱلْمُدُنِ ٱلْقَديمَةِ، يَنْسَوْنَ سَريعاً، فَنَسوا هَذِهِ ٱلْقِصَّةَ أَيْضاً. وَظَلَّتْ نِساءُ تِلْكَ ٱلْمَدينَةِ جاهِلاتٍ، وَظَلَّ رِجالُها حَميراً.

مَسَحَ جِحا دُموعَ حِمارِهِ ٱلْأَبْيَضِ بِفوطَةٍ كانَتْ مَعَهُ، وَقالَ وَكَأَنَّهُ يَتَكَلَّمُ بِلِسانِ حِمارِهِ:

– بَعْدَ مِضِيِّ أَيّامٍ عَلى حَفْلَةِ ٱلْعُرْسِ بَدَأْنا، أَنا وَزَوْجَتي، نَتَخاصَمُ عَلى بَعْضِ ٱلْأَشْياءِ. ثُمَّ صِرْنا نَتَخاصَمُ عَلى كَثيرٍ مِنَ ٱلْأَشْياءِ. ثُمَّ أَصْبَحْنا نَتَخاصَمُ عَلى ٱلْأَشْياءِ كُلِّها! وَبَعْدَ مِضِيِّ أَشْهُرٍ صِرْنا عَدُوَّيْنِ لَدودَيْنِ. وَبَعْدَ مِضِيِّ عَدَدٍ مِنَ ٱلسَّنَواتِ أَصْبَحَ بَيْتُنا جَحيماً لا يُطاقُ. وَصارَ كُلُّ واحِدٍ مِنّا يَتَمَنّى أَنْ يَنْجُوَ مِنْ هَذا ٱلْجَحيمِ. وَحينَئِذٍ صِرْتُ أَنا أَذْهَبُ إِلى ٱلْمَقْهى لِأَتَسَلّى، وَأَنْسى هُمومَ ٱلْبَيْتِ، وَصارَتْ زَوْجَتي تَقْضي أَوْقاتَ فَراغِها في بُيوتِ ٱلْجاراتِ ٱلْجاهِلاتِ مِثْلَها.

وَأَخيراً نَسيتُ أَنا ما تَعَلَّمْتُهُ في ٱلْمَدارِسِ، لِأَنَّني هَجَرْتُ ٱلْكُتُبَ، وَتَرَكْتُ ٱلْمُطالَعَةَ فيها. وَزادَتِ ٱمْرَأَتي جَهْلاً فَوْقَ جَهْلِها ٱلْقَديمِ...

هُنا ٱسْتَعادَ ٱلْحِمارُ ٱلْأَبْيَضُ هُدوءَهُ ٱلْمَعْروفَ. ثُمَّ قالَ، وجِحا يَسْتَمِعُ إِلَيْهِ:

– ما قُلْتَهُ يا سَيِّدي جِحا هوَ ٱلصَّحيحُ، لِأَنَّ هَذا ٱلْقَوْلَ يَصِفُ حالَتي عَلى ٱلتَّمامِ. وَكُنْتُ أَنا، في تِلْكَ ٱلْأَثْناءِ، أَشْعُرُ بِأَنَّ أُذُنَيَّ تَكبرُانِ، وَرَأْسي وَبَطْني يَنْتَفِخانِ، وَعَقْلي وَإِحْساسي يَضْعُفانِ. وَكانَ ذَلِكَ يَتِمُّ بِٱلتَّدْريجِ، قَليلاً قَليلاً، مِثْلَما تَذوبُ ٱلشَّمْعَةْ وَهِيَ تَحْتَرِقُ. بَيْنَما كانَتْ زَوْجَتي تَزْدادُ شَراسَةً وَسوءَ خُلُقٍ، حَتّى إِنَّها أَخَذَتْ تَعَضُّني بِأَسْنانِها، إِذا قُلْتُ لَها كَلاماً لا يُعْجِبُها.

وَفي أَحَدِ ٱلْأَيّامِ شَعَرْتُ أَنَّني ٱنْقَلَبْتُ حِماراً، وَٱنْقَلَبَتْ زَوْجَتي حَيَّةً، كَما تَرى. وَلَكِنَّ ٱللهَ لَطَفَ بي، فَجَعَلَني حِماراً أَبْيَضَ ناطِقاً. وَتَشَدَّدَ رَبُّنا في تَعْذيبِ ٱمْرَأَتي ٱلشِّرّيرَةِ، فَمَسَخَها حَيَّةً سَوْداءَ لا تَنْطِقُ.

أَنْهى ٱلْحِمارُ ٱلْأَبْيَضُ حِكايَتَهُ ٱلْعَجيبَةَ، فَضَحِكَ جِحا، ثُمَّ رَبَّتَ رَقَبَةَ حِمارِهِ، وَقالَ لَهُ:

– لا بَأْسَ عَلَيْكَ! سَتَعودُ إِنْساناً، إِنْ شاءَ ٱللهُ، كَما كُنْتَ، إِذا ٱتَّبَعْتَ نَصيحَتي!

فَكادَ ٱلْحِمارُ يَطيرُ مِنْ فَرَحِهِ. وَقالَ لِجِحا:

– وَما نَصيحَتُكَ؟

فَأَجابَ جِحا:

– نَصيحَتي إِلَيْكَ أَنْ تُصاحِبَ هِرَّتَنا ٱلسَّوْداءَ ٱللَّطيفَةَ، وَلا تَلْبُطَها كُلَّما رَأَيْتَها، وَلا تَنْهَقَ كُلَّما جاءَتْ تَزورُكَ في ٱلْإِسْطَبْلِ!

فَأَجابَ ٱلْحِمارُ ٱلْأَبْيَضُ:

– سَمْعاً وَطاعَةً! أَنْتَ ٱلْآمِرُ وَأَنا عَبْدُكَ ٱلْمَأْمورُ.

وَفي ٱلْيَوْمِ ٱلتّالي كانَ ٱلْحِمارُ ٱلْأَبْيَضُ ٱلْقُبْرُصِيُّ في ٱلْإِسْطَبْلِ، وَكانَ يَأْكُلُ عَلْفَةَ ٱلصَّباحِ؛ فَجاءَتِ ٱلْهِرَّةُ ٱلسَّوْداءُ، وَأَخَذَتْ تَموءُ مُواءً ناعِماً، وَهِيَ تَدْخُلُ ٱلْإِسْطَبْلَ بِحَذَرٍ

رَبَّتَ الرَّقَبَةَ: ضَرَبَ يَدَهُ عَلَيْها بِلُطفٍ وهُدوءٍ.

وَٱنتِباهٍ. ثُمَّ خَطَتْ خُطْوَةً، وَتَوَقَّفَتْ قَليلاً، وَراحَتْ تَنْظُرُ إِلى ٱلْحِمارِ ٱلْأَبْيَضِ لِتَرى ما يَصْدُرُ مِنْهُ: فَإِذا تَحَرَّكَ لِيَلْبُطَها هَرَبَتْ، وَإِذا نَهَقَ نَجَتْ بِنَفْسِها. وَلكِنَّ ٱلْحِمارَ ٱلْأَبْيَضَ لَمْ يَنْهَقْ في هَذِهِ ٱلْمَرَّةِ، وَلَمْ يَلْبُطْ، بَلْ تَناوَلَ عَلْفَتَهُ، كَأَنَّهُ لَمْ يَسْمَعْ مُواءَ ٱلْهِرَّةِ ٱلسَّوْداءِ.

مَضَتْ لَحَظاتٌ. وَكانَتِ ٱلْهِرَّةُ ٱلسَّوْداءُ قَدْ تَقَدَّمَتْ عَشْرَ خُطُواتٍ، حَتّى وَصَلَتْ إِلى مَقْرُبَةٍ مِنَ ٱلْحِمارِ ٱلْأَبْيَضِ. ثُمَّ

أَخَذَتْ تَلْحَسُ ساقَهُ بِلِسانِها، كَما تَفْعَلُ بِساقِها هِيَ حينَ تُنَظِّفُها. ثُمَّ نَظَّفَتْ بِلِسانِها أَيْضاً بَطْنَ ٱلْحِمارِ، وَصَدْرَهُ، وَقَفَزَتْ بِخِفَّةٍ وَرَشاقَةٍ إِلى ظَهْرِهِ، وَأَخَذَتْ تُنَظِّفُ لَهُ رَأْسَهُ وَوَجْهَهُ.

فَلَمّا أَدْخَلَتِ ٱلْقِطَّةُ ٱلسَّوْداءُ لِسانَها ٱلْأَحْمَرَ في أُذُنِ ٱلْحِمارِ ٱلْأَبْيَضِ لِتُنَظِّفَها، سَمِعَ ٱلْحِمارُ وَشْوَشَةً ناعِمَةً، كَأَنَّ ٱلْهِرَّةَ ٱلسَّوْداءَ تَقولُ:

– أَنا أُحِبُّكَ يا رَفيقي!

حينَئِذٍ ٱلْتَفَتَ ٱلْحِمارُ إِلى ٱلْحائِطِ، فَرَأى عَلَيْهِ خَيالَ ٱلْهِرَّةِ ٱلسَّوْداءِ. وَكانَ الضَّوْءُ ٱلدّاخِلُ مِنْ نافِذَةِ ٱلْإِسْطَبْلِ ٱلشَّرْقِيَّةِ، هُوَ ٱلَّذي أَلْقى خَيالَ ٱلْقِطَّةِ ٱلسَّوْداءِ عَلى ٱلْحائِطِ. فَرَأى ٱلْحِمارُ ٱلْأَبْيَضُ جَسَدَها ٱللَّطيفَ لَمّاعاً، نَظيفاً، فَٱعْتَقَدَ أَنَّ جَسَدَهُ هُوَ صارَ، كَجَسَدِها، لَمّاعاً، نَظيفاً، مُرَتَّباً.

وَهَكَذا صارَتِ ٱلْهِرَّةُ ٱلسَّوْداءُ رَفيقَةً مُفيدَةً لِلْحِمارِ ٱلْأَبْيَضِ ٱلْقُبْرُصِيِّ.

مَضَتِ ٱلْأَيّامُ وَٱلشُّهورُ، وَٱلْحِمارُ ٱلْأَبْيَضُ ٱلْقُبْرُصِيُّ يَعيشُ بِوِفاقٍ مَعَ ٱلْهِرَّةِ ٱلسَّوْداءِ. تُساعِدُهُ ٱلْهِرَّةُ فَتُنَظِّفُ لَهُ **بَدَنَهُ**، فَيُساعِدُها ٱلْحِمارُ وَيَحمِلُها عَلى ظَهْرِهِ لِلنُّزْهَةِ؛ تُعاوِنُهُ ٱلْهِرَّةُ عَلى طَرْدِ ٱلذُّبّانِ عَنْ بَدَنِهِ، فَيُعاوِنُها ٱلْحِمارُ في ٱصْطِيادِ ٱلْفِئْرانِ مِنَ ٱلْإِسْطَبْلِ؛ وَتُحِبُّهُ ٱلْهِرَّةُ لِأَنَّهُ رَفيقٌ لَطيفٌ لا يُؤْذيها، فَيُحِبُّها ٱلْحِمارُ لِأَنَّها رَفيقَةٌ لَطيفَةٌ لا تُؤْذيهِ. وَجِحا مَسْرورٌ مِنْ نَجاحِ خُطَّتِهِ: فَقَدْ أَرادَ جِحا أَنْ يَكونَ حِمارُهُ ٱلْأَبْيَضُ رَفيقاً لِهِرَّتِهِ ٱلسَّوْداءِ، فَكانَ لَهُ ما أَرادَ.

كانَ جِحا يَعْرِفُ أَنَّ قِصَّةَ ٱلْهِرَّةِ ٱلسَّوْداءِ تُشْبِهُ قِصَّةَ حِمارِهِ ٱلْأَبْيَضِ. هِيَ كانَتْ فَتاةً صالِحَةً فَتَزَوَّجَتْ فَتىً شِرّيراً، فَمَسَخَها ٱللهُ هِرَّةً سَوْداءَ، وَهُوَ كانَ فَتىً صالِحاً، فَتَزَوَّجَ فَتاةً شِرّيرَةً، فَمَسَخَهُ ٱللهُ حِماراً أَبْيَضَ.

وَفي ٱلْيَوْمِ ٱلْأَوَّلِ مِنَ ٱلرَّبيعِ، أَفاقَ جِحا عَلى زَقْزَقَةِ ٱلْعَصافيرِ في ٱلْأَشْجارِ. وَسَمِعَ جِحا، مَعَ ٱلزَّقْزَقَةِ، أَصْواتاً بَشَرِيَّةً تَتَعالى مِنَ ٱلْإِسْطَبْلِ، فَخافَ أَنْ يَكونَ ٱللُّصوصُ قَدْ بَكَّروا، وَقَصَدوا

بَدَنُه: جِسمُه.

إلى ٱلْإِسْطَبْلِ لِيَسْرِقوا ٱلْحِمارَ ٱلْأَبْيَضَ ٱلْعَجيبَ. وٱلْحُرّاسُ ٱللَّيْلِيّونَ يَذْهَبونَ إلى بُيوتِهِمْ قَبْلَ شُروقِ ٱلشَّمْسِ بِقَليلٍ. لِذا أَسْرَعَ جِحا وَلَبِسَ ثِيابَهُ، ثُمَّ أَمْسَكَ بِعَصاهُ ٱلضَّخْمَةِ، وَنَزَلَ عَلى عَجَلٍ إلى ٱلْإِسْطَبْلِ. وَما كانَ أَشَدَّ تَعَجُّبَهُ ساعَةَ رَأى فَتاةً سَمْراءَ جَميلَةً، تُساعِدُ شابّاً أَبْيَض جَميلاً. إِنَّها تُساعِدُهُ عَلى رَفْعِ ٱلْأَوْساخِ مِنَ ٱلْإِسْطَبْلِ، بَعْدَ أَنْ جَمَعَها ٱلشّابُّ في كيسٍ كَبيرٍ!

لَمْ يُصَدِّقْ جِحا عَيْنَيْهِ. وَكَيْفَ يُصَدِّقُ أَنَّ ٱلْحِمارَ ٱلْأَبْيَضَ قَدْ عادَ حَقّاً إِنْساناً كامِلاً، وَأَنَّ ٱلْهِرَّةَ ٱلسَّوْداءَ، ذاتَ ٱلْعَيْنَيْنِ ٱلزَّرْقاوَيْنِ، قَدْ عادَتْ إِنْسانَةً كامِلَةً أَيْضاً؟

وَلَكِنَّ جِحا كانَ رَجُلاً ظَريفاً، فَأَنْقَذَ مَوْقِفَهُ بِٱبْتِسامَةٍ، وَتَخَلَّصَ مِنْ حَيْرَتِهِ بِضِحْكَةٍ. ثُمَّ قالَ لِلشّابِّ ٱلَّذي كانَ ٱلْبارِحَةَ حِمارَهُ ٱلْأَبْيَضَ:

– الآنَ صِرْتَ حُرّاً، فَتَسْتَطيعُ أَنْ تَعيشَ كَما يَعيشُ ٱلرِّجالُ ٱلْأَحْرارُ: تَعْمَلُ لِنَفْسِكَ، وَتَعْمَلُ لِلنّاسِ، وَتُفيدُ نَفْسَكَ، وَتُفيدُ ٱلنّاسَ!

ثُمَّ ٱلْتَفَتَ جِحا إِلى ٱلْفَتاةِ ٱلَّتي كانَتْ بِٱلْأَمْسِ هِرَّتَهُ ٱلسَّوْداءَ، وَقالَ لَها:

– وَأَنْتِ صِرْتِ ٱلْآنَ فَتاةً حُرَّةً! فَتَسْتَطيعينَ أَنْ تَعيشي كَما تَعيشُ ٱلنِّساءُ ٱلْحَرائِرُ: تَتَعَلَّمينَ وَتَعْمَلينَ لِنَفْسِكِ، كَما تَعْمَلينَ لِلنّاسِ، فَتُفيدينَ نَفْسَكِ، وَتُفيدينَ ٱلنّاسَ.

ثُمَّ تَوَقَّفَ جِحا لَحْظَةً، لِيَعودَ فَيُخاطِبَ هَذَيْنِ ٱلرَّفيقَيْنِ بِقَوْلِهِ:

– أَنْتَ ٱسْمُكَ مُنْذُ ٱلْآنَ سَعيدٌ ٱبْنُ ٱلزَّمانِ، وَأَنْتِ ٱسْمُكِ سَعْدى بِنْتُ ٱلدُّهورِ. وَإِنَّني أوصيكَ، يا ٱبْني سَعيدُ، بِأَعَزِّ رَفيقٍ في ٱلْحَياةِ، وَأوصيكِ أَنْتِ، يا ٱبْنَتي سَعْدى، بِأَصْدَقِ صَديقٍ لِلْإِنْسانِ!

فَتَساءَلَ سَعيدٌ، وَتَساءَلَتْ سَعْدى، مَعاً:

– وَمَنْ هُوَ هَذا ٱلرَّفيقُ، يا عَمّي جِحا؟

فَأَجابَ جِحا وَهوَ يَغْمِزُ بِعَيْنَيْهِ، وَيُشيرُ إِلى شَيْءٍ يَحْمِلُهُ في جَيْبِهِ:

– الكِتابُ! هَذا هوَ ٱلصّاحِبُ ٱلَّذي يَحْفَظُ صاحِبَهُ، وَهَذا هُوَ ٱلصَّديقُ ٱلَّذي يَصْدُقُ صَديقَهُ!

فَوَعَدَ بِهَذا سَعيدٌ ٱبْنُ ٱلزَّمانِ، وَوَعَدَتْ مِثلَهُ سَعْدى بِنْتُ ٱلدُّهورِ، وَقالا مَعاً:

– صَحيحٌ! الكِتابُ... يَحْفَظُ لِلْإِنْسانِ إِنْسانِيَّتَهُ. فَيَعيشُ ٱلْإِنْسانُ بَينَ ٱلنّاسِ مُحْتَرَماً مُكَرَّماً!

وَقالَ جِحا، وَهُوَ يَعود إِلى بَيْتِهِ:

– بَلى صَدَقْتُما! وَٱلْكِتابُ يَزيدُ في قيمَةِ رَفيقِهِ، يَوْماً بَعْدَ يَوْمٍ، وَيَرْفَعُهُ إِلى أَعْلى دائِماً وَأَبَداً!

ثُمَّ أَشارَ جِحا بِيَدِهِ إِشارَةَ ٱلْوَداعِ، وَٱخْتَفى وَراءَ ٱلْبابِ. بَيْنَما ٱنْصَرَفَ سَعيدٌ وَسَعْدى إِلى تَرْتيبِ بَيْتِهِما ٱلْجَديدِ!

بابا مَبْروكٌ

أكتشفُ وأتوقَّعُ

1 أكتشفُ القِصَّةَ قبلَ قراءتِها. هَلْ هَذا مُمكِنٌ؟ لِنرَ...

أتأمّلُ الرّسمَ على الغِلافِ الأَماميّ، أَقرأُ ما كُتبَ على الغِلافِ الخَلْفيّ، أَقرأُ الصّفحتَيْنِ الأولى والثّانيةَ مِنَ الكتابِ، لا أَقرأُ النَّصَّ... ليسَ بعدُ... أُحدِّدُ:

العنوانَ : ....
اسمَ المؤلِّفِ : ....
عددَ القِصَصِ في الكتابِ معَ عُنوانِ كلِّ قِصَّةٍ: ....
اسمَ رسّامِ الغِلافِ : ....
اسمَ رسّامِ الدّاخلِ : ....
دارَ النَّشرِ : ....
تاريخَ الطّباعةِ : ....

2 مِن خلالِ عُنوانِ القِصّةِ الأولى «بابا مبروكٌ»، وصورةِ الغِلافِ، ما موضوعُ هَذه القِصّةِ؟

3 أَقرأُ الجُملةَ التّاليةَ الّتي تَبدأُ بها القِصّةُ، وأُكمِلُ على طريقتي كما أتخيَّلُ، لكنْ... مِن دونِ قراءةِ النَّصِّ.

«لا يَذكرُ بابا مبروكٌ مَتى سَمّاه النّاسُ بهَذا الاِسمِ، ولا يَذكُرُ أيضاً مَتى وُلدَ، ومَتى دَخلَ المدرسةَ، ومَتى أَنهى دروسَهُ. فبابا مبروكٌ لا يَذكُرُ مِن هَذه الأشياءِ وغيرِها شيئاً، لأنَّ بابا مبروكاً لا يَهتمُّ لشيءٍ. فهو يَهُمُّه أنْ...».

4 أضعُ إشارةَ ✔ في المُربَّعِ أمامَ الجُملةِ الّتي أظُنُّها صحيحةً:

تَتحدَّثُ قِصّةُ «بابا مبروكٌ» عَن:

- ابنٍ يُعايدُ أَباهُ بمُناسَبةِ عيدِ الأبِ، فيُهديهِ نارَجيلةً. ☐
- أبٍ يُهنِّئُ ابنَهُ الشّابَّ بمُناسَبةِ نَجاحِهِ فيَأخذُهُ معَهُ إلى المَقهى. ☐
- رجلٍ اسمُه بابا مبروكٌ يُحبُّ تَدخينَ النّارَجيلةِ. ☐
- صاحبِ مَقهىً يأتي إلَيْهِ النّاسُ لتَدخينِ النّارَجيلةِ. ☐
- رجلٍ شرّيرٍ وظالمٍ يَخافُ مِنْه النّاسُ ويُدخِّنُ النّارَجيلةَ. ☐

أُحلِّلُ وأَستنتِجُ

1 أَضعُ إشارةَ ✔ في المُربَّعِ أمامَ الجُملةِ الصّحيحةِ:

كانَ بابا مبروكٌ يَعملُ كسائسِ خَيلٍ فكانَ:

- يَركبُ حصانَ الباشا في السِّباقِ. ☐
- يَهتَمُّ بنظافةِ حصانِ الباشا ويَأخذُه في نُزهةٍ. ☐
- يُعالجُ حصانَ الباشا إذا مَرِضَ. ☐

بَعدَ إنهاءِ عَملِهِ، كانَ بابا مبروكٌ:

- يُطالعُ جريدةً أو يَقرأُ في كتابٍ. ☐
- يَجلِسُ في المَقهى ويَتسلّى معَ الأصحابِ. ☐
- يَجلِسُ ويَعُدُّ خَشَباتِ السَّقفِ. ☐

إذا جاءَتْهُ رسالةٌ، كانَ بابا مبروكٌ يُفتّشُ عَن شخصٍ يَقرأُ له الرّسالةَ لأنَّهُ:

- كانَ أُمّيّاً، لَم يَتعلّمِ القراءةَ والكتابةَ قطُّ. ☐
- كانَ يَشكو مِن ضَعفٍ في النّظَرِ ولا يَملِكُ نظّارةً. ☐
- تَعلّمَ قليلاً، لكنَّهُ تركَ المُطالعةَ فنَسِيَ الكتابةَ والقراءةَ. ☐

في المرّةِ الأولى، ذهبَ بابا مبروكٌ إلى المَقهى:

- ليُدخِّنَ النارَجيلةَ. ☐
- ليُفتِّشَ عَن شخصٍ يَقرأُ له رسالةً تَسلَّمَها. ☐
- ليَتَسلّى معَ أصدقائِهِ ويَلعبَ معَهُم بالوَرقِ. ☐

زُبُنُ المَقهى الّذي ذهبَ إليهِ بابا مبروكٌ هُم:

- أشخاصٌ مثقَّفونَ ومُتعلّمونَ. ☐
- مُوظَّفونَ وأشخاصٌ يَعملونَ لَدى الأميرِ. ☐
- أشخاصٌ عاطلونَ مِنَ العملِ. ☐

2 في أيِّ زمنٍ تَحصُلُ أحداثُ هَذه القِصّةِ؟ أُعلِّلُ إجابتي.

3 أَضعُ دائرةً حَولَ النَّشاطاتِ الّتي كانَ يَقومُ بها الزُّبُنُ في المَقهى الّذي ذهبَ إلَيْهِ بابا مبروكٌ، بحَسَبِ ما جاءَ في النَّصِّ:

لَعِبٌ بالدّاما	تَدخينُ السّجائرِ	لَعِبٌ بالورقِ
شُربُ القهوةِ	قراءةُ الجريدةِ	مُطالَعةُ الكُتبِ
تَدخينُ النّارَجيلةِ	اللَّعِبُ بالنَّردِ	شُربُ الشّاي
سَماعُ قِصصِ الحَكَواتي		

4 لماذا دخَّنَ بابا مبروكٌ النّارَجيلةَ في المَرّةِ الثّانيةِ ما دامَ قدِ انزَعجَ مِنْها في المرّةِ الأولى؟

5 أَذكُرُ كَيفَ كانَتْ صِحّةُ بابا مبروكٍ تَتَراجعُ يوماً بَعدَ يومٍ.

6 أَذكُرُ صِفاتِ بابا مبروكٍ الّتي استنتَجْتُها مِن خِلالِ تَصرُّفاتِه.

أُعبِّرُ

أذكُرُ لماذا أَتعلَّمُ القراءةَ والكتابةَ. أُعدِّدُ بعضَ المَواقفِ الّتي يُواجِهُها الإنسانُ في حياتِهِ اليوميّةِ، ويَستفيدُ فيها مِنَ القراءةِ والكتابةِ؟ (على الطّريقِ، في البيتِ، في المَطعمِ، في العَملِ، معَ الأهلِ والأقاربِ...).

7 أَصِفُ مقهىً تقليديّاً أَعرِفُه يُشبِهُ المَقهى المذكورَ في النَّصِّ.

8 لماذا نُقلَ بابا مبروكٌ إلى حديقةِ الحَيواناتِ، وبالتّحديدِ إلى مِصرَ؟ أَرسُمُ وأُلوِّنُ وأُلصِقُ لأُمثِّلَ حديقةَ الحَيواناتِ الّتي نُقلَ إلَيْها بابا مبروكٌ معَ الحَيواناتِ المَوجودةِ فيها. أَستعينُ بما جاءَ في النَّصِّ. أُظهِرُ بابا مبروكاً بِشَكلِهِ الجديدِ، وأَكتُبُ ما كانَ يقولُه لنفسِهِ (أَتخيَّلُ).

9 بماذا كانَ بابا مبروكٌ يَشعرُ عِندَما كانَ النّاسُ يَأتونَ لمُشاهَدتِه؟ لماذا؟ ماذا كانَ يَفعلُ؟ وماذا كانَ يَتمنّى؟

10 لماذا عَرضَتْ زَوجةُ مديرِ الحديقةِ تَقديمَ جائزةٍ لِمَن يَكشِفُ عَن حقيقةِ السُّلَحْفاةِ؟ هَل رُبحَتِ الجائزةُ؟ ومَنْ رَبِحَها؟

11 ماذا حصلَ عندَما ظهرَتِ الحقيقةُ وانتشرَ خبرُ بابا مبروكٍ في البلادِ؟

12 أذكُرُ لُعَباً أُخرى يُمكِنُ للإنسانِ أنْ يتَسلّى بها اليومَ، غَيرَ الدّاما، والنَّردِ والورقِ.

13 ماذا اقترحَ طَنفوسُ على مُديرِ الحديقةِ وزَوجتِهِ وابنِهِ؟

14 لماذا اختاروا الضِّفدِعَةَ؟ هَل هُناكَ حَيوانٌ آخَرُ كانَ بإمكانِهِ مُساعدةُ بابا مبروكٍ؟ أَلَمْ يَكُنْ بالإمكانِ اختيارُ إنسانٍ لمُساعدةِ بابا مبروكٍ؟ لماذا؟

15 كَيفَ دَرَّبَتِ الضِّفْدِعةُ بابا مبروكاً؟

16 كَيفَ عاد بابا مبروكٌ إلى طبيعتِهِ؟

17 أذكُرُ صِفاتِ بابا مبروكٍ الجديدةَ.

18 ماذا أَعجَبَني في هَذه القصّةِ؟ ما الّذي لَم يُعجبْني؟

أُعبِّرُ

إلى ماذا تَحوّلَ بابا مبروكٌ؟ أَصِفُ كَيفَ تَحوّلَ جسمُ بابا مبروكٍ تَدريجيّاً. أُمثِّلُ لأُعبِّرَ عَن هَذا التَّحوُّلِ. أَتخيَّلُ ما كانَ يَقولُه بابا مبروكٌ لنفسِهِ وهو يُلاحظُ جِسمَهُ يَتغيَّرُ.

19 لو حصَلَتْ هَذه الحادثةُ في أيّامِنا هَذه، أَتخيَّلُ كَيفَ كانَتْ وَسائلُ الإعلامِ، أي الجرائدُ، الإذاعةُ والتِّلفزيونُ... ستُغطّي الخبرَ. أَكتُبُ الخبرَ كما أَتخيَّلُه في الجريدةِ، وأُمثّلُ دَورَ المُذيعِ أو المُذيعةِ أثناءَ تَغطيةِ الخبرِ في نَشَراتِ الأخبارِ في التِّلفِزيونِ أو في الإذاعةِ.

أَنطلقُ مِنَ القصّة

1 أُحضِّرُ لَوحةً تُظهِرُ أنواعَ التّدخينِ ومَضارَّهُ. أَرسُمُ، أُلوِّنُ، أُلصِقُ وأَكتُبُ لأُظهِرَ أنواعَ التّدخينِ والضَّررَ الّذي يُسبِّبُه في جسمِ المُدخِّنِ والأشخاصِ المحيطينَ به، حتّى لو لَم يَكونوا مِنَ المُدخِّنينَ.

2 أُؤلِّفُ على طريقتي قِصّةً قصيرةً شبيهةً بِقصّةِ بابا مبروكٍ، عَن شخصٍ أَتخيَّلُه، لكنَّ مُشكلَتَهُ أنَّهُ لا يَتحرَّكُ ويُمضي كلَّ وقتِهِ أمامَ شاشةِ الكومْبيوترِ أو التِّلفازِ. أَذكُرُ ماذا سيَحِلُّ بِهَذا الشّخصِ، إلى ماذا سيتَحوَّلُ، وكيفَ سيَعودُ إلى طبيعتِهِ.

3 أُحضِّرُ لَوحَةً تُظهِرُ بعضَ الهِواياتِ والرِّياضاتِ الّتي يُمكِنُ للإنسانِ مُمارستُها أثناءَ أوقاتِ الفراغِ. أُلصِقُ، أَرسُمُ، أُلوِّنُ، وأَكتُبُ جُملاً لأُظهِرَ هَذه الهِواياتِ والرِّياضاتِ وفَوائدَها على الجسمِ والعقلِ.

4 أُجري بَحثاً عَنِ النّارَجيلةِ وعَن تَدخينِها في أيّامِنا هَذه، معَ وَصفِ شَخصٍ أَعرِفُه يُدخِّنُ النّارَجيلةَ ذاكراً تأثيرَ تدخينِ النّارَجيلةِ علَيْه في حياتِهِ اليوميّةِ.

5 أُجري بحثاً عَن مِصرَ. يُقدَّمُ البَحثُ بشكلِ لوحةٍ تَتضمَّنُ صُوَراً، رُسوماً ومَعلوماتٍ عَن مِصرَ.

6 أَكتشِفُ الجملةَ:

أَستبدِلُ بالرّموزِ الحروفَ لأَكتشِفَ ما قالَتْهُ السُّلَحْفاةُ.

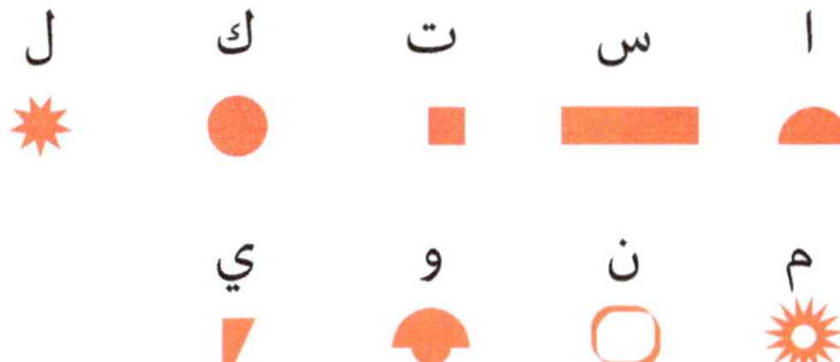

هَل تعلمُ؟

الحصانُ العربيُّ

يُعتَبَرُ **الحصانُ العربيُّ** أجملَ الخيولِ على الإطلاقِ. يُعرَفُ برأسِهِ الصّغيرِ. أَصْلُه مِن مَنطِقَةِ الشَّرقِ الأَوسطِ. يَتمتَّعُ ببُنيةٍ قويّةٍ. يَتميَّزُ الحصانُ العربيُّ بالصبّرِ والشّجاعةِ والذّكاءِ والوَفاءِ. تُعتَبرُ الخيولُ العربيّةُ الأكثرَ أَهمّيّةً في سباقاتِ ركوبِ الخَيل.

السُّلَحفاةُ

ليسَ **للسُّلَحفاةِ** أسنانٌ، لَكنْ شِبهُ مِنقارٍ قويٍّ تَطحنُ به الطّعامَ. تَتَنقَّلُ السُّلَحْفاةُ ببُطءٍ بسَببِ قِصَرِ أطرافِها وثِقَلِ دَرْقَتِها. تُغطّي الدَّرْقةُ جسمَ السُّلَحْفاةِ لحِمايتِه. تَعيشُ بعضُ السّلاحِفِ أكثرَ مِن مئةِ عامٍ.

جِحا وحمارُه

أَكتشفُ وأَتوقَّعُ

1 أَضعُ إشارةَ ✔ في المُربَّعِ أمامَ الجُملةِ الّتي أَجدُها مناسبةً:

أَعتقدُ أنَّ هَذه القِصّةَ حزينةٌ. ☐

أَعتقدُ أنَّ هَذه القِصّةَ خَياليّةٌ. ☐

أَعتقدُ أنَّ هَذه القِصّةَ طريفةٌ ومُضحكَةٌ. ☐

يُمكِنُ لأحداثِ هَذه القِصّةِ أنْ تَكونَ واقعيّةً. ☐

2 أَقرأُ الجملةَ التّاليةَ، وهي الجملةُ الأولى في النَّصِّ:

« رَكبَ جِحا حمارَهُ الأبيضَ، ومَشى. وكانَ حمارُ جِحا قُبرُصِيّاً، وكانَ أَذكى مِن غَيرِهِ مِنَ الحميرِ البيضِ...».

أَتخيَّلُ تَصرُّفاتِ حمارِ جِحا الّتي تَدلُّ على ذكائِهِ، وأَذكرُها على الشّكلِ التّالي:

«حمارُ جِحا ذكيٌّ، يُمكِنُه أنْ.......» دونَ أنْ أقرأَ النّصَّ... ليسَ بعدُ...

أُحلِّلُ وأَستنتِجُ

1 أَذكُرُ صفاتِ الفتاةِ السّمراءِ، وكَيفَ كانَتْ تَتَصرّفُ قبلَ أنْ تَتَحوّلَ إلى حيّةٍ.

2 لماذا تَحوَّلتِ الفتاةُ إلى حيّةٍ؟

3 لماذا تَحوّلَ الشّابُّ إلى حمارٍ؟ وكَيفَ؟

4 ما الّذي يُميّزُ الحمارَ مِنَ الحيّةِ في القِصّةِ؟

5 أَضعُ إشارة ✔ في المُربَّعِ أمامَ الجُملَةِ الصّحيحةِ:

- هزَّ الحمارُ رأسَهُ ثلاثَ هَزّاتٍ لأنَّهُ عَطشانُ ويُريدُ أنْ يَشربَ. ☐
- خافَ جِحا مِنَ المَطرِ لأنَّهُ حريصٌ على ثيابِهِ الجديدةِ. ☐
- اشترى جِحا الحمارَ بمبلغٍ كبيرٍ مِنَ المالِ. ☐
- أَنفقَ جِحا الكثيرَ مِنَ المالِ لمُعالجةِ الحمارِ. ☐
- يُدرِكُ حمارُ جِحا ما يَخطُرُ ببالِ صاحِبِه قَبلَ أنْ يَقولَهُ. ☐
- فَرِحَ جِحا عندَما سَمعَ الحمارَ يَتكلّمُ. ☐
- نظرَتِ الحيّةُ السّوداءُ إلى الحمارِ وحاولَتْ أنْ تَلسَعَهُ. ☐
- أَخبرَ الحمارُ جِحا أنَّ الحيّةَ السّوداءَ كانَتْ فتاةً سمراءَ جميلةً. ☐

6 كَيفَ حاولَ جِحا أنْ يُساعدَ حمارَهُ؟

7 كَيفَ تغيّرَتْ طريقةُ معاملةِ الحمارِ للهِرّةِ؟

8 لماذا اختارَ جِحا الهِرّةَ السّوداءَ لتُساعدَ الحمارَ؟

9 كَيفَ انتهَتْ هَذه القِصّةُ؟

10 ماذا أَعجبَني في هَذه القصّةِ؟ ما الّذي لَم يُعجِبْني؟

11 أَتخيَّلُ خاتمةً جديدةً للقِصّةِ، لمُساعَدةِ الحمارِ والحيّةِ على العَودةِ إلى طبيعتِهِما وإلى حياتِهِما معاً.

12 أَتخيَّلُ أحداثاً طريفةً يُمكِنُها أنْ تَحصُلَ لأنَّ حمارَ جِحا يَستطيعُ أنْ يَتكلّمَ.

أُعبِّرُ

تَلتقي الحيّةُ والحمارُ والهرّةُ، أُمثِّلُ وأَتخيَّلُ الحوارَ بَينَ الحَيواناتِ الثّلاثةِ.

أَنطلقُ مِنَ القصّة

1 أرسمُ وأُلوِّنُ وأُلصِقُ: أَقُصُّ مِنَ المَجلّاتِ صُوَراً لأشخاصٍ ولحيواناتٍ مُختلِفةٍ. أُلصِقُ و أُلوِّنُ أجزاءً مِن هَذه الصُّوَرِ، لأَحصُلَ على أشخاص معَ أجسامِ حَيواناتٍ أو على حَيواناتٍ معَ أجسامِ أشخاصٍ، يُمكِنُني أنْ أَجمعَ أيضاً عَدّةَ أجزاءٍ مِن عدّةِ حَيواناتٍ، أُلصِقُها لأَحصُلَ على حيوانٍ خَياليٍّ.

2 أؤلِّفُ وأَرسمُ قِصّةً قصيرةً عَنِ الحَيوانِ الّذي أُحِبُّ أنْ أَتحوَّلَ إلَيْهِ. العُنوانُ: لو كُنْتُ (اسمُ الحَيوانِ). أُظهِرُ في القِصّةِ لماذا أَوَدُّ أنْ أكونَ هَذا الحيوانَ.

3 أَقرأُ قصّةً ثانيةً مِن قِصصِ جِحا معَ حمارِهِ، وأُقابِلُ القِصَّةَ الأولى بالثّانيةِ.

4 كَلماتٌ متقاطِعةٌ:
أَكتشِفُ الكَلماتِ التّاليةَ، وأَضعُ كُلّاً مِنْها في المكانِ الصّحيحِ:

1 ـ مُرادِفُ بَدَن.

2 ـ مُرادِفُ مُتَتابِعة.

3 ـ مُرادِفُ خواطِر.

4 ـ حَيوانٌ في القِصّةِ.

5 ـ شَخصيّةٌ في القِصّةِ.

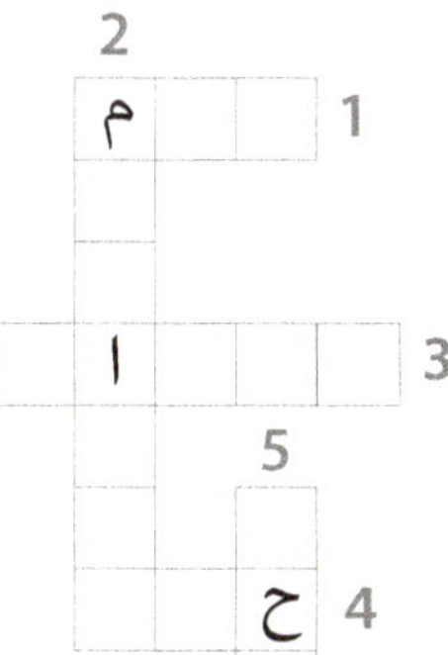

هَل تعلمُ؟

- أنَّ **الحيّةَ أوِ الثُّعبانَ** مِنَ الزّواحفِ الّتي تَتَميّزُ بالدّمِ البارِدِ.
- أنَّ الحيّةَ تأكُلُ اللّحومَ.
- أنَّ الحيّةَ تُغيِّرُ جِلدَها بالكاملِ بَينَ فَترةٍ وأُخرى.
- أنَّ حاسّةَ الشّمِّ عندَ الحيّةِ قويّةٌ.
- أنَّ عدوَّ الحيّةِ هو الصَّقرُ.

- أنَّ **الحمارَ** يُشبِهُ الحصانَ، لكنَّهُ أصغرُ حَجماً، وتُسمّى أُنثى الحمارِ الأَتانَ وصغيرُه الجحشَ أو الكُرَّ (بالعامّيّةِ).
- أنَّ الحميرَ استُخْدِمَتْ قبلَ استخدامِ الخُيولِ، مُنذُ 4000 سنةٍ.
- أنَّ الحمارَ القُبرُصيَّ معروفٌ بحَجمِهِ الكبيرِ وقُوّتِهِ وقُدرتِهِ على التَّحمُّلِ.
- أنَّ عددَ الحميرِ القُبرُصيّةِ يَتدنّى، وصارَتْ مُهدَّدَةً بالِانقراضِ.
- أنَّ الحمارَ حيوانٌ صبورٌ، يَتميّزُ بذاكرةٍ قويّةٍ إذ يتذكَّرُ الطُّرقاتِ الّتي مشى فيها ولو مرّةً واحدةً، ويتميّزُ أيضاً بدقّةِ السَّمْعِ.

حولَ القصّتين

1 أَضعُ إشارةَ ✔ في المُربَّعِ أمامَ الجُملةِ الصّحيحةِ:

بابا مبروكٌ

هَذه القِصّةُ خياليّةٌ ☐

هَذه القِصّةُ حقيقيّةٌ ☐

جِحا وحمارُه

هَذه القِصّةُ خياليّةٌ ☐

هَذه القِصّةُ حقيقيّةٌ ☐

2 أَضعُ دائرةً حَولَ الشّخصيّاتِ في كُلِّ قِصّةٍ:

بابا مبروكٌ

أستاذُ المدرسةِ	مديرُ حديقةِ الحيواناتِ	ابنُ مديرِ الحديقةِ
بابا مبروكٌ	طَنفوسُ	السّيّاحُ
بسّامٌ، صاحبُ المَقهى	زَوجةُ مُديرِ الحديقةِ	الضِّفْدِعةُ كوكو
إبراهيمُ باشا	الفلّاحُ	الغزالُ

جِحا وحمارُه

جِحا	الفلّاحونَ	سعيدٌ ابنُ الزّمانِ
زَوجةُ جِحا	الحيّةُ	النَّسرُ
الحمارُ الأبيضُ	الهِرّةُ السّوداءُ	سَعدى بنتُ الدّهورِ
ابنُ جِحا	البَيطريُّ	

3 أَربِطُ كلَّ جُملةٍ بالقِصّةِ المُناسِبةِ لها، يُمكِنُ لبعضِ الجُمَلِ أنْ تَكونَ مناسِبةً للقِصّتَيْنِ:

- تحوَّلَتْ شخصيّةٌ أو أكثرُ مِن إنسانٍ إلى حَيوانٍ.
- حصلَتِ الأحداثُ في زمنٍ قديمٍ.
- تَتركَّزُ نهايةُ القِصّةِ على أهمّيّةِ الكتابِ.
- قامَتِ الضِّفْدِعةُ بِمُساعَدةِ السُّلَحفاةِ.
- تَحوَّلَ الإنسانُ إلى حيوانٍ بسببِ الكسلِ.
- حَصلَتِ الأحداثُ في لبنانَ ومِصرَ.
- تَدعو القِصّةُ إلى مُمارسةِ الرّياضةِ.
- تُشجِّعُ القِصّةُ على التّوقُّفِ عَنِ التّدخينِ.
- حَصلَتِ الأحداثُ في عهدِ الأميرِ بشيرٍ الشِّهابيِّ.
- حَصلَتِ الأحداثُ في مكانٍ غيرِ مُحدَّدٍ.
- عادَ الإنسانُ الّذي تحوَّلَ إلى حيوانٍ، إلى شكلِهِ السّابقِ.
- قَدّمَتِ الهِرّةُ السّوداءُ المُساعَدةَ.

بابا مبروك

جحا وحمارُه

أُعبِّرُ

أَفرِضُ أنَّ السُّلَحفاةَ مِن قِصّةِ بابا مبروكٍ لَقِيَتِ الحمارَ الأبيضَ والحيَّةَ والهِرَّةَ السّوداءَ مِن قِصّةِ جحا وحمارُه. أَتخيَّلُ حِواراً بَينَ هَذه الحَيواناتِ، يُخبِرُ فيه كلُّ حيوانٍ عمّا حَصلَ له.
يُمكنُنِي إشراكُ الضِّفْدِعَةِ كوكو في الحِوارِ أيضاً.

4 أَربِطُ كلَّ جُملةٍ بالقِصّةِ الّتي ذُكِرَتْ فيها:

- «يا ليتَني ما كنْتُ كَسولاً!»
- «وأخيراً، نَسيتُ أنا ما تعلَّمْتُه في المدارسِ، لأَنَّني هَجرْتُ الكُتبَ، وتَركْتُ المطالَعةَ فيها».
- «سمعاً وطاعةً! أنتَ الآمرُ وأنا عبدُكَ المأمورُ».
- «تَعالَيْ نَركضْ في الحقلِ، قُربَ المِياهِ الجاريةِ هُناكَ».
- «لا بأسَ علَيْكَ! ستَعودُ إنساناً، إنْ شاءَ اللهُ...».
- «سَح سَح... فَم فَم... بَم بَم!».

بابا مبروك

جحا وحمارُه

5 أَربِطُ كلَّ شَخصيَّةٍ بما يُناسِبُها، قدْ تَحصُلُ بعضُ الشَّخصيّاتِ على أَكثرَ مِن إجابةٍ مُناسِبةٍ لها:

بابا مبروكٌ	النّشاطُ
الضِّفْدِعةُ	الذّكاءُ
مُديرُ حديقةِ الحَيواناتِ	الكَسَلُ
جِحا	القُدرةُ على الكلامِ
الحمارُ الأبيضُ	الجَهلُ والشّرُّ
الحيَّةُ	اللُّطفُ
الهِرّةُ	حُبُّ المساعَدةِ
	القُدرةُ على إدراكِ ما يُفكِّرُ فيه الآخَرونَ

محتوى الكتاب

بابا مَبْروكٌ